Eurimedon, L'Illustre Pirate

Nicolas Mary

© 2024 Culturea
Texte et illustration de couverture : © domaine public (open access licence CC0 1.0 universel)
Édition et mise en page : Culturea (Hérault, 34)
Retrouvez notre catalogue sur http://culturea.fr/
Contact : infos@culturea.fr
Imprimé en Allemagne par Books on Demand Gmbh
Design typographique et layout : Derek Murphy et Reedsy
ISBN : 9791041998326
Date de parution : Avril 2024
Ce livre :
— a été composé avec une police open source libre de droits dessinée sur Open Fondry
 https://open-foundry.com/
— est édité en libre access sous licence CC0 (Creative Commons Zero) afin de conserver l'oeuvre au
plus près des caractéristiques du domaine public.
— offre la possibilité à son lecteur de partager, dupliquer ou distribuer son contenu, sans restriction ni
réserve.
— permet de replanter un arbre. SHS Éditions soutient Plantons Pour l'Avenir, fonds de dotation pour le
reboisement des forêts françaises
400 projets de reboisement de forêts soutenus depuis 2014 à travers la France
https:/www.plantonspourlavenir.fr/

ÉPITRE À MADAMOISELLE DE VERTU

MADAMOISELLE,

Voicy des Estrangers qui viennent des extremitez de la Grece, &
qui attirez par la reputation de vos merites, souhaittent de s'acquitter
des hommages qu'on doit à vostre vertu. Si vous daignez prester
l'oreille au recit de leurs advantures, vous ne les estimerez pas
indignes de vostre entretien ; & je m'asseure que vous leur ferez un
favorable accueil quand vous sçaurez qu'ils sont Princes, & que par
des actions qui ne degenerent point de leur naissance, ils vous auront
faict voir dans le Tableau de leur vie, les Images de tant de Heros que
vostre Illustre Maison a donnez à la France. Je parlerois de vos
augustes devanciers, François, Odet, & Charles de Bretaigne qui
sortis des anciens Ducs de cette belle Province, se sont monstrez
dignes surgeons d'une tyge si glorieuse, & en ont conservé la gloire
dans vostre famille, qui en porte encore des marques aussi durables,
que celebres ; Je parlerois des notables services qu'ils ont rendus à
l'Estat par les effets de leur fidelité, & de leur courage, si ce n'estoit
publier des choses qui ne sont incognues qu'aux barbares, & vouloir
comprendre dans une lettre ce qui merite des volumes entiers ; Je
diray seulement que ces deux grands Roys Charles huict & Louys
douze ont honnoré vos ancestres du glorieux tiltre de frere, & qu'en
mille occasions ils ont confirmé cette qualité advantageuse qu'Anne
de Bretaigne, digne Espouse de ces deux Monarques leur avoit
legitimement acquise. Cette consideration (Madamoiselle) & celle de
vostre merite particulier ont faict resoudre deux Roys de venir aussi
vous rendre les honneurs que vos Ayeulx ont autrefois receus, &

admirer en vous une Majesté qui leur faisant oublier la leur, les force d'advouer que vous seriez incomparable, si le Ciel ne vous avoit donné une sœur qui partage avecque vous les inclinations de tout le monde. La Renommée qui a remply l'Univers de cette verité, a donné de la jalousie aux plus belles de vostre sexe, & de l'admiration aux plus parfaites, mais vous donnerez de l'estonnement à nostre Eurimedon & à sa Pasithée, quand vous leur ferez cognoistre que la beauté, & la gentillesse des Dames de France emportent le prix sur celles de Grece, & de toutes les nations de la Terre ; Aussi n'est-ce pas leur dessein de vous disputer cet advantage, mais seulement d'avoir l'honneur de vous entretenir, afin qu'après cette faveur ils puissent estre les Paranymphes de vos merveilles, par la voix de celuy qui a pris la hardiesse de vous les presenter ; & qui desire estre toute sa vie,

MADAMOISELLE,

De vostre Grandeur.

Le très-humble & très-obeissant serviteur

DESFONTAINES.

À MADAMOISELLE DE VERTU. SONNET.

Beauté par qui Venus void la sienne effacée
Mes vers pour te louer ont trop peu d'ornemens,
Et je crains, te faisant ces foibles complimens
Que ta rare vertu n'en soit interessée.
Ta gloire ne sçauroit estre plus rabaissée
Qu'alors que le commun en a des sentimens,
Ont doit à tes attraits les plus beaux mouvemens
D'une ame que le Ciel ayt tousjours caressée :
Pardonne toutesfois à ma temerité
Si j'ose descouvrir à la posterité
Ce qui te faict paroistre avec tant d'advantage ;
Qu'on sçache que par toy le vice est abbattu
Et que tes actions mieux qu'un noble heritage
Te donnent aujourd'huy le beau nom de VERTU.
DESFONTAINE

AU LECTEUR

Lecteur je croirois offencer ton jugement si je ne le croyois capable de discerner les fautes qui se sont glissées en l'Impression de cet ouvrage, & je ferois tort à ta courtoisie si je ne croyois que tu les excuseras ; c'est pourquoy sans m'arrester à t'en faire le denombrement, je te supplieray seulement de remarquer qu'en deux ou trois endroits où tu verras que les vers manqueront en leurs mesures, la faute vient de ce que l'Imprimeur a escrit doncque pour doncq, encore au lieu d'encor, & une fois avec, au lieu d'avecque pour le reste je le laisse à ta discretion.

LES ACTEURS

ARCHELAS, Roy de la Troade pere de PASITHÉE.
MELINTE, Roy de Thessalie & frere d'EURIMEDON
EURIMEDON, Amant de PASITHÉE.
TYGRANE, Prince d'Armenie & Rival d'EURIMEDON
FALANTE, Escuyer d'ARCHELAS
LYSANOR, Escuyer d'EURIMEDON
PASITHÉE, Infante de la Troade.
CELIANE, Princesse d'Armenie, & Amante de TYGRANE
ALERINE, Suivante de PASITHÉE.
ARGAMOR, Page de TYGRANE
La scène est en l'Isle de Lesbos.

EURIMEDON. ACTE I

Scène première

EURIMEDON, PASITHÉE.

EURIMEDON, *sortant d'un navire & mettant PASITHÉE au port.*
En fin (belle Princesse) après beaucoup d'orages
Vous revoyez encor ces aymables rivages,
Neptune partizan des ambusches d'amour
S'est montré favorable à vostre heureux retour,
Son perfide element a respecté vos charmes,
Et vostre ravisseur a fleschi sous mes armes,
Qui n'ont pû consentir qu'une Divinité
Servist de recompense à l'infidelité.
Mais que cette bonté qui vous rend adorable
Espargne à mon sujet un Prince miserable.
Puis qu'Amour est l'autheur du mal qu'il a comis,
Et que vos yeux (Madame) ont fait vos ennemis :
Pardonnez à l'offence en faveur des complices,
La vie est quelquesfois le plus grand des supplices ;

Car la mort finissant les jours d'un Criminel
Finit un chastiment qu'ils rendoient eternel.

PASITHÉE

Grand Prince à qui je dois & l'honneur & la vie
Je tiens puis qu'il vous plaist ma vengeance assouvie,
Et s'il me reste encor quelque ressentiment
C'est pour vous obeir que j'en ay seulement :
Que sans crainte Araxés retourne à Mitylene
Un secret repentir fera toute sa peine,
Et ma direction ne rendra pas suspect
Celui qui pour moy-mesme a manqué de respect.

EURIMEDON

Madame : La grandeur des illustres courages
Se remarque bien mieux dans l'oubly des outrages,
Qu'alors que la rigueur de leurs justes arrests
Sur quelque Criminel vange leurs interests :
Ce n'est pas que je vueille authorizer sa faute,
Ou prendre le party d'une audace si haute ;
Mais desja son supplice à son crime est uny,
Et s'il est sans espoir il est assez puny.

PASITHÉE

Eh bien qu'il soit ainsi : mais je ne puis comprendre
D'où vous vient pour ce traistre un sentiment si tendre,
Et je ne sçay comment un cœur si genereux
À pour son amitié fait ce choix malheureux ?

EURIMEDON

Madame, Ce discours est de trop longue haleine
Une autre occasion vous tirera de peine,
Cependant s'il vous plaist, allons rendre à la Cour
Au lieu de la tristesse & la joye, & l'amour.
Mais j'aperçois le Roy, si mon oeil ne se trompe,

9

Et bien que je le voye avecque peu de pompe
Toutesfois de son front l'auguste majesté
Mieux qu'un sceptre Royal faict voir sa qualité.

Scène deuxiesme

ARCHELAS, EURIMEDON, PASITHÉE, FALANTE.

ARCHELAS

Falante : Je ne sçay quelle secrette joye
Avecque ce vaisseau la fortune m'envoye ;
Mais je me sens forcé malgré mon desespoir
De l'aller dans le port moy-mesme recevoir.

FALANTE

Sire, ces estrangers qui viennent du rivage
Vous pourront esclaircir de cét heureux presage.

ARCHELAS

Où sont-ils ?

FALANTE

Les voila qui viennent droit à vous,
Pour avoir le bon-heur d'embrasser vos genoux.

ARCHELAS

Ah ma fille ! Est-ce toy que je revois encore ?
Est-ce toy Pasithée ? Ô grands Dieux que j'adore
Je crains que dans l'excez de mon contentement
Mon trespas ne succede à ce ravissement !
Mais n'est-ce pas aussi l'effect de quelques charmes

Qui veut tromper mes yeux affoiblis de mes larmes ?

PASITHÉE

Non Sire, vous voyez celle que le malheur
Avoit fait le butin d'un infame voleur :
Voicy cette Princesse indignement ravie,
Et qui perdoit l'honneur aussi bien que la vie
Si l'invincible bras de ce liberateur
N'eut empesché ma perte, en perdant son autheur.

ARCHELAS

Chevalier, Je sçay bien que ma recognoissance
Est plus en mes desirs que dedans ma puissance,
Et que pour bien payer cette belle action
Mon sceptre est au-dessous de l'obligation :
Il est vray qu'un exploit si digne de memoire
Trouve ordinairement son salaire en sa gloire ;
Mais de peur d'estre ingrat à ce rare bien-faict,
Je vous offre le bien que vous nous avez faict,
Partagez nos plaisirs, regnez dans mes provinces,
Faites-vous (s'il vous plaist) des sujets de mes Princes,
Je feray tout pour vous, ayant tout faict pour moy,
Vous m'avez rendu pere & je vous feray Roy.

EURIMEDON

Ah Sire ! mon secours ne vaut pas qu'on y pense
Et ce qui fit ma peine a faict ma récompence
J'ay suivy seulement les loix de mon devoir
Pour servir Pasithée, il ne faut que la voir ;
Et puisque je cherchois cette belle contrée
Je benis le sujet qui m'en donne l'entrée,
Heureux si les faveurs d'un auspice si doux
Me permettent l'honneur de vivre aupres de vous.

PASITHÉE

C'est pour moy seulement que je dois dire heureuse
La mesme occasion qui vous fut dangereuse :
Car quand vous n'auriez pas à mes yeux combattu,
Cette Cour est tousjours ouverte à la vertu :
Mais si vostre valeur m'eust lors abandonnée,
Je serois maintenant la plus infortunée
Qui jamais icy bas ayt respiré le jour,
Et je ne verrois pas cet aymable sejour :
Je serois maintenant pour comble de misere
Peut estre le jouet d'un horrible Corsaire ;
Ou bien pour eviter ce servage inhumain
Contre mon propre coeur j'aurois armé ma main :
Mais au triste moment de cette violence
La vostre a prévenu leur crime, & mon offence,
Et le coup qui finit leur trame, & mes malheurs
Mesla leur sang brutal à mes prodigues pleurs.

ARCHELAS

Il falloit reserver à de honteux supplices
L'autheur de ce projet, ou du moins ses complices,
Pour donner un exemple à la posterité
Du juste traictement qu'ils avoient merité ;
La mort que le bourreau pouvoit rendre execrable
La gloire de vos coups l'a rendue honnorable,
Et vous avez donné par des trespas si beaux
À des infames corps des illustres tombeaux.

EURIMEDON

Sire, Le Dieu des eaux les a dans ses entrailles,
Un perfide comme eux a faict leurs funerailles,
Et comme partizan de ce traistre dessein
Il en cache l'autheur dans son humide sein :
En fin de ces brigands la deffaite est entiere,
La mer fut leur refuge, elle est leur cimetiere,
Et l'onde a tellement prévenu mes efforts

12

Qu'ils ont esté plustost ensevelis que morts.

ARCHELAS

Finissons avec eux cette tragique Histoire
Perdons-en s'il se peut jusques à la memoire,
Craignant que par le bruit des discours superflus
Nous ne ressuscitions ceux qui ne vivent plus ;
Que la joye en nos coeurs succede à la tristesse,
Bannissons desormais cette importune hostesse,
Et sans nous arrester aux soucis des mortels
À ce Dieu tutelaire erigeons des Autels.

EURIMEDON

Ah grand Roy ! Cet honneur plus grand que ma naissance
Au lieu de m'obliger, me chocque & vous offence :
Car cette vanité me rendant odieux
Reproche en mesme temps une erreur à vos yeux :
Bien loing de m'eslever à ce degré supréme
La rigueur du destin m'a mis à l'autre extreme,
Pour toute qualité je suis Eurimedon
La fortune en naissant me mit à l'abandon,
Et pourtant de mon sort l'admirable advanture
Peut passer pour miracle à la race future :
En un point seulement je le trouve assez beau
Puisque j'eus pour le moins un illustre berceau.
Un Aigle me voyant estendu sur la poudre,
Soit qu'il me voulut mettre à couvert de la foudre,
Ou bien faire de moy quelque fameux guerrier
Porta mon petit corps à l'ombre d'un laurier :
Du depuis le destin lassé de me bien faire
Me mit entre les mains d'un barbare Corsaire
Qui m'ayant dans un bois sous cet arbre trouvé
Parmy ses compagnons m'a tousjours eslevé.
Cent fois il m'a juré que j'estois né d'un Prince
Et m'a tout dit, hormis mon nom, & ma province,

13

Car de peur de me perdre il m'a tousjours caché
Cet important secret qu'en vain j'ay tant cherché.
Je n'avois que douze ans que desja mon courage
Ne pouvoit plus souffrir la paresse de l'aage,
Et bien que j'eusse horreur de leurs traits inhumains
Il falloit que je fisse un essay de mes mains.
Un jour l'occasion s'en montra toute preste
Trois Pyrates venus fraischement de la queste
Ne purent sans debat partager leurs butins,
Le lucre les rendant esgalement mutins
Ils passerent en fin des discours, à l'espée ;
Et la valeur d'un seul contre deux occupee
Dans l'inegalité l'alloit faire perir
Si je l'eusse pû voir sans l'ozer secourir.
Contre ces lasches coeurs j'entrepris sa deffence,
Et comme l'un des deux mesprisoit mon enfance
Il donnoit à mes coups tant de facilité,
Que sa mort fut le prix de sa temerité.
Dès lors tous estonnez de ce trait de courage,
Comme à leur souverain ils me firent hommage ;
Glorieux (disoient-ils) d'obeyr desormais
Au Prince le plus grand que le ciel vit jamais :
Du depuis leur respect pouvoit servir de marque
Que j'estois en effet n'ay de quelque Monarque :
Mais je suis incertain de ma condition.

PASITHÉE

Vous estes trop modeste en vostre ambition,
Et si mon ame encor doute en vostre origine,
C'est qu'au lieu d'estre humaine, elle la croit divine.

EURIMEDON

Ah ne me flattez pas, un si mal-heureux sort
Avec le rang des Dieux a trop peu de rapport.

ARCHELAS

Alcide avant sa mort estoit ce que nous sommes,
Ce Heros comme vous nasquit entre les hommes,
Il fut leur protecteur, & cette qualité
Luy fraya le chemin de l'immortalité :
Ainsi cette vertu qui vous faict adorable,
Et qui rend vostre gloire à son nom comparable,
Malgré les vains efforts d'un sort injurieux
Vous reserve une place à la table des Dieux.

EURIMEDON

Mon coeur n'affecte pas ces dignitez hautaines
Dont la presomption bouffit les ames vaines,
Je prefere grand Roy, l'honneur de vous servir
Aux grandeurs qui pourroient dans le Ciel me ravir.

ARCHELAS

De grace (Eurimedon) quittez cette eloquence,
Laissez-vous une fois vaincre à ma bien-vueillance
Commandez en ma Cour, mais en ce juste point
Pour me favoriser ne vous deffendez point :
Où bien ce grand esprit qui tout autre surmonte
À l'obligation adjoustera la honte,
Et sa grace conjointe aux offices du bras
Nous fera confesser que nous sommes ingrats.

Scène trosiesme

TYGRANE

Destin, Neptune, Amour, Dieux cruels, tristes Astres
Ne deliberez plus, achevez mes desastres,

Et vos foudres grondans en d'inutiles mains,
Que ne punissez-vous les crimes des humains ?
Souffrez-vous qu'un mortel brave vostre vengeance ?
Sans doute on vous croira de son intelligence,
Et si contre mon chef vos couroux sont si lens
De mon impunité naistront mille insolens ;
Trop pitoyables Dieux vangez-vous de Tygrane,
J'ay trahy Pasithée & trompé Celiane,
L'une en mon changement, l'autre par lascheté :
Celiane ressent mon infidelité,
Et faute de secours, la belle Pasithée
Est par ses ravisseurs indignement traictée,
Cependant sur le point qu'elle s'en va perir
Je suis les bras croisez & la laisse mourir.
Ah ! c'est trop endurer un ingrat sur la terre,
Cieux achevez mon sort par un coup de Tonnerre :
Ce tragique accident ne sera pas nouveau,
Le deluge du feu suivra celuy de l'eau,
Et mes membres espars sur cet humide empire
Auront en mesme temps l'un & l'autre martyre.
Mais qu'en vain pour avoir un remede à mes maux
J'importune les Dieux puis qu'ils sont mes rivaux :
Vaste mer qui retiens mon ame & mes delices
Ouvre au moins à mon corps tes affreux precipices,
Puisque desja ma vie est sur ton Element,
Prens ce qui reste encor d'un malheureux Amant.
Ah plustost par mes cris ta colere irritée
Emporte ma parole avecque Pasithée !
Je la suivray pourtant, & mes tristes vaisseaux
Feront si promptement le grand tour de tes eaux,
Que je te forceray de me rendre ma Reyne,
Ou d'achever ma vie en achevant ma peine.

<h1 style="text-align:center">Scène quatriesme</h1>

FALANTE

Où courez-vous Tygrane ? Et quel aveuglement
Vous oblige à revoir ce perfide Element,
Cependant que la Cour retentit d'allegresse,
Et benit le retour de sa chere Princesse.

TYGRANE

De qui ?

FALANTE

De Pasithée.

TYGRANE

Ô rare invention !
Croy-tu par ce moyen calmer ma passion ?
Non (Falante) sa perte est par trop veritable
Pour cesser mes transports au recit d'une fable.

FALANTE

Tygrane, mon discours a tant de verité
Qu'il peut vaincre aisément vostre incredulité,
Si pour rendre à vos yeux la nouvelle certaine
Il vous plaist seulement d'entrer à Mitylene,
Là vous verrez l'objet qui vous fit amoureux
Et le liberateur qui vous a faict heureux.

TYGRANE

Quel est ce Chevalier, est-il de cognoissance ?

FALANTE

Non, c'est un estranger, mais d'illustre naissance,
On le traite de Prince, & son port gracieux
Ne degenere point de ce nom glorieux,
Cet auguste guerrier singlant devers cette Isle
Se venoit rafraischir à la premiere ville,
Quand il a rencontré le funeste vaisseau
Qui mettoit vostre espoir & amp ; l'Infante au tombeau.
Comme il s'en approchoit d'une extreme vitesse,
Il ouit cette voix (sauvez une Princesse)
Aussi-tost abordant ce traistre Galion
Il s'eslança dedans plus hardy qu'un Lyon,
Malgré ses ravisseurs delivra Pasithée,
Et mit à fonds la nef qui l'avoit emportée.
Ce genereux heros apres ce grand effort
S'offrit incontinent de la remettre au port,
Mais avec tant de grace, & tant de bien-vueillance
Qu'il rendit son respect esgal à sa vaillance,
Et l'Infante advoua qu'une telle action
Fit voir moins de valeur que de discretion.

TYGRANE

Dieux que je suis confus ! & que cette nouvelle
Me semble en mesme temps agreable, & cruelle !
Deux mouvemens divers tyrannizent mon coeur,
J'ayme bien ce retour, mais je crains son autheur.
Son merite, son port, sa valeur esprouvée,
Cette discretion de ma Reyne approuvée
Sont autant de Devins qui predisent mon mal,
Et d'un liberateur me feront un rival :
Ainsi mes sentimens divisez en moy-mesme
Emportent mon esprit de l'un à l'autre extreme.
Quand je songe au bon-heur qu'il nous a procuré
Aussi-tost je conclus qu'il doit estre adoré :
Mais apres combatu d'un mouvement contraire
L'objet que j'ay flatté commence à me desplaire,

Et si quelque devoir m'oblige à le cherir
Je croy baiser la main qui me fera perir.

FALANTE

Delivrez vostre esprit de cette fantaisie
Permettez à l'Infante un peu de courtoisie,
Vous aurez son amour, luy sa civilité ;
Cet honneur est un prix qu'il a bien merité,
Et mesme vous devez (au moins par complaisance)
De quelque complimens honnorer sa presence.

TYGRANE

Hé bien (Falante) allons luy rendre ce devoir,
Et vous mes tristes yeux preparez-vous de voir
L'Astre de mon amour, & l'object de ma crainte ;
Toustesfois insolents dedans cette contrainte
Que vos jaloux regards ne me trahissent pas,
Mais lisez en riant l'arrest de mon trespas.

19

ACTE II

Scène première

EURIMEDON, PASITHÉE, ALERINE

EURIMEDON

Madame, excusez-moy si voyant tant de grace
J'ayme vos ennemis & cheris leur audace,
Puisque les mesmes traits qui vous ont fait trahir
Ne me permettent pas de les pouvoir haïr :
Cette rare douceur, ces apas, & ces charmes,
Contre un foible mortel sont de trop fortes armes,
On ne peut eviter l'atteinte de leurs coups,
Le coeur qui les reçoit mesme les trouve doux :
Et quoy que la raison à nos desirs oppose
Vous voir & vous aymer n'est qu'une mesme chose.
De la sorte Araxés se sentant consommer,
Pour esteindre ses feux eut recours à la mer,
Mais vos yeux plus puissans que le flambeau du monde
Brulent esgalement sur la terre, & sur l'onde ;

Et son coeur amoureux par ce tour impudent
Eust sans moy sur les eaux fait un naufrage ardent :
En fin mon sentiment contre vous se rebelle,
Je pardonne aux transports d'une faute si belle,
Et ne me puis resoudre à blasmer un effect
Qui me permet de voir un object si parfaict.

PASITHÉE

Je suis (Eurimedon) trop peu considerable
Pour vous rendre envers luy de beaucoup redevable :
Et quand j'aurois assez de grace & de beauté
Pour toucher un guerrier de vostre qualité,
Vostre vertu vous donne assez de privilege
Pour n'avoir pas besoin d'un Prince sacrilege.
Mais qu'est-il devenu depuis vostre retour,
Je croy qu'il n'oseroit se monstrer à la Cour,
Mon abord luy faict peur ou bien sa conscience
Luy conseille de vivre en cette deffiance
Mais il craint vainement.

EURIMEDON

Je ne sçay si le sort
Ou sa timidité l'ont esloigné du port
Mes gens pour le trouver ont tourné toute l'Isle
Mais sa fuitte a rendu leur recherche inutile.

PASITHÉE

Que les Dieux pour jamais l'exilent de Lesbos
Pour mon contentement, & pour vostre repos
Mes yeux n'ont que trop veu ce Prince abominable
Dont la rage a pensé me rendre miserable,
Et vous n'avez vangé mon honneur qu'à demy
Si vous n'abandonnez un si perfide amy.

EURIMEDON

Vos voeux seront suivis de mon obeissance,
Mais (Madame) apprenez que nostre cognoissance
Venant plus du hazard que de mes volontez
Je ne prens point de part en ses meschancetez.
Un jour aux environs des costes de l'Epyre
Il fut pris, & mené prisonnier en Corcyre,
Mais lors qu'il attendoit le prix de sa rançon
Ma pitié le sauva.

PASITHÉE

Dieux ! de quelle façon ?

EURIMEDON

Je cognus par l'excez de la melancolie
Où l'ame de ce traistre estoit ensevelie,
Qu'une forte douleur agitoit son esprit,
Comme par ce discours sa bouche me l'apprit :
Grand Prince (me dit-il) ne trouvez pas estrange
Si dans cette prison où le destin me range
J'ose faire paroistre un extreme soucy
Malgré tant de faveurs que je reçois icy :
Je ne souffre pas seul, tout un peuple souspire,
Et le fort d'Araxés est celuy de l'Empire,
Encore que ce point soit assez important
Ce n'est pas toutesfois ce qui m'afflige tant
Un mal-heur plus pressant attaque ma fortune,
Amour voulant trahir est trahy par Neptune ;
Et la mesme prison qui me tient arresté
Me ravit ma maistresse avec ma liberté.
Cet objet (reprit-il) s'appelle Pasitée,
Je l'aymay des l'instant que je l'eus visitée,
Et nous sommes unis par de si doux accords
Que vous n'avez de moy seulement que le corps :
Cette princesse en a la meilleure partie ;
Sa parolle à ces mots en souspirs convertie

22

Parut plus esloquente en son affection,
Et porta mon esprit à la compassion.

PASITHÉE

Ah ! que favorisant cette ame criminelle,
Vostre pitié me fut rigoureuse, & cruelle !

EURIMEDON

Il est vray : mais aussi mon bras a reparé
Le mal que mon esprit vous avoit preparé,
Et si lors je faillis, ce fut par innocence ;
Comme je le croyois d'une illustre naissance
Je creus que son amour, & ses intentions
Avoient quelque rapport à vos perfections,
Outre que je voulois renoncer à la vie
Qu'à regret ma jeunesse a trop long-temps suivie.
À cette occasion je luy dis le dessein
Que la gloire & l'honneur m'avoient mis dans le sein,
Et que mon coeur pressé d'un plus noble genie
Vouloit me delivrer de cette tyrannie,
Où ma valeur rebelle à ses propres effets
Plaignoit le plus souvent ceux qu'elle avoit deffaits ;
Luy pour me tesmoigner une amitié parfaite
M'offrit dans ses estats une seure retraitte,
Et moy pour obliger ce malheureux Amant
J'accompagnay de dons son eslargissement :
Nous prismes rendez-vous ; Après son ambassade
Il devoit dans deux mois m'attendre en la Troade
Où mon navire alloit heureusement ancrer,
Quand mon sort & le sien me l'ont fait rencontrer.
Mais que je fus d'abord confus en cet orage,
Quand son casque levé me montra son visage,
Il le faut advouer, mon esprit incertain
Ne pouvoit approuver les efforts de ma main,
Je plaignois son malheur, je blasmois mon courage,

Mon bras se repentoit d'avoir fait cet outrage,
Et si vostre pitié n'eust signé son pardon,
J'eusse lavé son crime au sang d'Eurimedon.

PASITHÉE

Le sien ne fut jamais digne de ce meslange
Ne le regrettez point vous gaignerez au change,
Vous m'avez secourue, & le Ciel l'a permis
Pour vous donner icy de plus nobles amis.

EURIMEDON

Madame,

PASITHÉE

Poursuivez.

EURIMEDON

Je ne puis.

PASITHÉE

Quelle crainte
Vous faict aupres de moy vivre en cette contrainte ?

EURIMEDON

Permettez moy Madame.

PASITHÉE

Achevez.

EURIMEDON

D'esperer.

PASITHÉE

Esperez.

EURIMEDON

Ah Madame ! Il vous faut adorer.
Car pourveu que le coeur à la bouche responde
Je me tiens desormais le plus heureux du monde ;
Mais à ce grand bon-heur Tygrane espere aussi.

PASITHÉE

N'importe (Eurimedon) laissez moy ce soucy,
Si vostre amour est grand comme vostre courage
Je sçauray bien aussi vous donner l'advantage.

ALERINE

Madame parlez bas, j'entends venir quelqu'un.

PASITHÉE

Sans doute (Eurimedon) c'est ce Prince importun.

Scène seconde

EURIMEDON, PASITHÉE, TYGRANE

TYGRANE

Depuis vostre retour (divine Pasithée)
Si je ne vous ay pas aussi-tost visitée,
Ne vous figurez point que l'oubly du devoir
M'ayt rendu moins ardent au desir de vous voir :
Si j'avois sçeu plustost cette heureuse nouvelle
Vous auriez de mes soins une preuve fidelle,
Que je vous suis tousjours par inclination,
Ce que je vous seray par obligation.
(Se tournant vers Eurimedon :)

Grand Heros si jamais le destin plus propice
M'offre l'occasion de vous rendre service.

EURIMEDON

Seigneur, je ne suis pas digne de cet honneur
Puisque ce que j'ay faict se doit à mon bon-heur,
Je beny toutesfois mon heureuse fortune
Qui m'a mis à propos sur le sein de Neptune,
Pour punir les autheurs de son enlevement
Et faire de leur sang vostre contentement.

PASITHÉE

Grands Princes : je vous suis à tous deux obligée,
Et les soins de tous deux m'ont si fort engagée,
Que je devrois rougir de donner seulement
Pour de si bons effets un mauvais compliment ;
Toutesfois en ce point cette raison me flatte,
Qu'il vaut bien mieux paroistre ignorante, qu'ingratte.

TYGRANE

Pour souffrir ce reproche, & l'esprit & le corps
Font en leurs qualitez de trop charmans accords.

PASITHÉE

Si j'avois plus d'orgueil, & moins de modestie,
Je pourrois advouer l'une & l'autre partie,
Mais Tygrane apprenez que je sçay mes deffaux.

TYGRANE

Si c'est par le miroir apprenez qu'il est faux,
Et qu'inutilement vous consultez sa glace
S'il ne vous y fait pas remarquer vostre grace.

EURIMEDON

Il a pour ses attraits trop de fidelité.

PASITHÉE

Et vous pour me flatter trop de civilité :
Quoy donc après la paix, vous me donnez la guerre ?
Vous me sauvez en mer, & m'attaquez en terre ?
Desirez-vous encore un triomphe nouveau ?

EURIMEDON

Non je veux ma deffaite en un combat si beau.

PASITHÉE

Vous ne prendrez donc pas le soin de vous defendre.

TYGRANE

On se defend en vain quand le coeur se va rendre.

PASITHÉE

Il est vray, mais je tiens un triomphe à mespris
Si la difficulté n'en augmente le prix.

TYGRANE

Vous aymeriez pourtant cette riche conqueste,
Quelque facilité qui vous la rendist preste.

PASITHÉE

Tygrane, vous jugez de mon intention
Selon la belle humeur de vostre passion.

TYGRANE

Mon sentiment plustost parle selon la gloire
Que vous pourra donner cette belle victoire.

PASITHÉE

Quelle ?

TYGRANE

D'Eurimedon, qui vous donne son coeur.

PASITHÉE

Veid-on jamais vaincu triompher du vainqueur ?

EURIMEDON

Ou vainqueur ou vaincu souffrez que je sois vostre,
À qui vit sans espoir qu'importe l'un ou l'autre.

TYGRANE

En amour toutesfois l'esperance est l'aymant.

EURIMEDON

Ouy pour vous qui portez la qualité d'Amant,
Mais mon affection à bien moins se limite,
Et je suis sans desir, ainsi que sans merite.

PASITHÉE

Puis qu'en tous ces debats j'ay beaucoup d'interest
Nous en pourrons donner une autre fois l'arrest,
Cependant je veux bien que l'un & l'autre espere
Pour moy je m'en vay voir que fait le Roy mon pere.

Scène trosiesme

TYGRANE

Dieux que viens-je d'ouyr : mais helas qu'ay-je veu ?
Il se peut faire aussi que je me sois deçeu
Ou qu'un enchantement qui me trouble l'ouye
Par de mesmes effets ayt ma veue esblouye :

Sans doute tout cecy n'est qu'une illusion
Qui remplit mon esprit de sa confusion :
Mais Prince infortuné que ton mal est estréme !
As-tu quelque advantage à te tromper toy-mesme ?
Après avoir esté present à leur discours
Cherches-tu dans la feinte un frivole secours ?
Non, non, ne flatte plus les mespris de ta Reyne,
Tu cognois maintenant la cause de sa hayne,
Elle destine ailleurs son inclination,
Et tu seras l'objet de son aversion.
Ne venois-je en ce lieu qu'à dessein que j'y visse
Qu'un rival me ravit les fruits de mon service ?
Et que celle qui tient mon esprit en langueur,
Garde pour luy l'amour, & pour moy la rigueur ?
Ah que le sentiment d'un si visible outrage
Excite dans mon coeur un violent orage !
Et qu'à regret mes yeux verront un incognu
Tenir icy le rang que Tygrane a tenu !
Mais que ma bouche employe une foible allegeance
À des maux qui ne l'ont que dedans la vengeance,
Mon rival doit mourir, & mon contentement
Ne doit estre tiré que de son monument.

Scène quatriesme

CELIANE *en habit de Cavallier.*
He bien cruel Amour que fera Celiane ?
Porteray-e l'enfer dans le ciel de Tygrane ?
Dois-je craindre, esperer, ou voir que ton flambeau
Esclaire en mesme temps son lit, & mon tombeau ?
Seray-je plus heureuse en ce bel equipage ?

Crois-tu qu'en cet habit je plaise d'avantage ?
Ne me faits point languir, acheve mon dessein,
Puisque c'est ton pouvoir qui me l'a mis au sein :
Mon coeur pour t'obeir n'a point trouvé d'obstacle
N'en trouve pas aussi pour produire un miracle,
C'est toy qui m'as reduitte en cette extremité,
Fais donc voir un effect de ta Divinité.
Ce perfide autrefois vivoit sous mon empire,
Moy seule je faisois sa joye & son martyre,
Et je reglois si bien ses inclinations,
Que mes desirs estoient toutes ses passions ;
Cent fois il m'a juré de donner à sa flame
Un aussi long destin que celuy de son ame :
Mais depuis quelque temps en cet objet vainqueur
L'esloignement des yeux a faict celuy du Coeur ;
Maintenant Pasithée est la beauté divine,
Qui bastit son espoir dessus cette ruyne,
Et destruit une amour dont la sincerité
N'avoit à desirer que l'immortalité.
Mais contre tant d'attraits il n'a pû se deffendre,
Sa Princesse a le feu dont je n'ay que la cendre,
Et toutefois jamais l'excez de sa froideur
N'esteindra qu'en mon sang mon amoureuse ardeur,
Ah pour un lasche coeur trop magnifique offrande !

Scène cinquiesme

CELIANE, ARGAMOR

ARGAMOR
Voyla comme je croy celuy que je demande.

CELIANE

Page que cherche-tu ?

ARGAMOR

Je cherche Eurimedon.

CELIANE

Feignons pour sçavoir tout que je porte ce nom.

ARGAMOR

Ce Prince Monseigneur vous ressemble à l'extréme.

CELIANE

Tu ne te trompes point Page : car c'est moy-mesme.
Argamor luy donne le Cartel.
Ce mot donc (s'il vous plaist) en cette occasion
Vous dira le sujet de ma commission.

CELIANE

Voyons ce qu'il contient : Ah qu'en ces caracteres
Mes yeux vont descouvrir d'agreables mysteres !

CARTEL.

De Tygrane à Eurimedon
En vain Eurimedon tu me penses ravir
L'incomparable Pasithée,
Mais la gloire de la servir
Te sera si bien disputée,
Que si je te puis voir avant la fin du jour,
Nous perdrons l'un ou l'autre, ou la vie, ou l'amour.
Ouy Page il me peut voir ; s'il veut prendre la peine
De sortir promptement des murs de Mitylene,
Il recevra de moy la satisfaction
Qu'on doit donner à ceux de sa condition.

Argamor s'en allant.
Seigneur dans peu de temps vous y verrez Tygrane.

CELIANE

Et pour Eurimedon il verra Celiane
Ce Page à mon habit m'a pris pour ce rival
À qui ce Prince ingrat prepare tant de mal,
Mais n'importe je veux m'exposer à sa rage,
Et qu'il fasse le coup qu'auroit faict mon courage,
Le Ciel n'est à mes voeux contraire qu'à demy
Si je meurs de la main d'un si cher ennemy,
Mon coeur à son amour autrefois si propice
Au lieu d'estre l'Autel sera le sçacrifice,
Et le coup que son bras luy va faire sentir
Fera d'un Idolatre un amoureux martyr :
Mes yeux pour ce cruel ont trop versé de larmes,
Il est temps que mon sang soit tiré par ses armes,
Et que par ses boüillons mes desirs innocens
Mesme au point de la mort luy donnent de l'encens.
Mais aveugle fureur où portes-tu mon ame ?
Pourquoy faut-il mon sang pour esteindre ma flame ?
Pour estre mal-heureuse, est-ce un point important
Qu'il me faille sauver en me precipitant ?
Non, non, quittons l'erreur qui trouble ma pensée
Et repoussons les traits d'une amour insensée,
Evitons les appas de ce subtil poison
Mettons au front d'amour les yeux de la raison,
Et ne permettons pas qu'une passion feinte
Donne à mon noble Coeur une si vile atteinte.
Toutesfois c'est en vain que je veux reculer,
Le traict desja lancé ne se peut rappeller :
Il faut, il faut franchir constamment la carriere,
Et ne point perdre coeur en perdant la lumiere :
Lors que nous esprouvons le destin malheureux
L'ennemy qui nous tue est le moins rigoureux.

32

Amour voy que la mort me donne peu d'alarmes
Puisque pour l'irriter je mets la main aux armes,
Regarde cet habit, voy dessous cet armet
À quelle extremité ton pouvoir me sous-met,
Et comme tous les traits qui sont en mon visage,
Commandent à mes maux d'assister mon courage ;
Depuis que je sentis les destins ennemis,
Je creus absolument que tout m'estoit permis,
Que l'espée à ma main estoit mesme decente
Pour maintenir les droits d'une flame innocente,
Sous cette passion mon esprit abbatu
Se mocque des advis que donne la vertu,
Et croiroit meriter d'estre au rang des infames,
Si je suivois les moeurs du vulgaire des femmes ;
Courage Celiane, acheve ton dessein
C'est folie en amour que d'avoir l'esprit sain,
Suy tes nobles transports tu seras satisfaite,
Et tu triompheras mesme par ta deffaite :
Car Tygrane privant Celiane du jour
Fera de son tombeau celuy de son amour ;
Mais je le voy venir, songeons à nous deffendre.

Scène sixiesme

TYGRANE, CELIANE.

TYGRANE

Chevalier excusez, Je vous ay faict attendre.

CELIANE

Tygrane vostre sang signera ce pardon.

TYGRANE

Ce sera bien plustost celuy d'Eurimedon.

CELIANE

C'est où vostre valeur sera bien occupée.

TYGRANE

C'est où je tremperay maintenant mon espée.

CELIANE

Tu mentiras perfide.

TYGRANE

Ah c'est trop discourir.
Quand Mars & tous les Dieux te viendroient secourir,
Ce propos insolent te coustera la vie.

CELIANE *tombant.*

Ah Dieux ! ce coup mortel seconde son enuie,
Je meurs contente (ingrat.)

TYGRANE

S'en est faict il est mort.
Et ce fameux Guerrier en espreuve un plus fort.
Mais que me sert d'avoir vaincu ce grand courage
S'il a mesme en sa mort dessus moy l'avantage :
Triste ressentiment, inutile valeur
Vous triomphez de tout hormis de mon malheur,
Mon rival perd la vie, & je pers Pasithée
Qui sera par ce sang justement irritée,
Alors qu'elle sçaura que j'ay privé du jour
Celuy qu'elle avoit faict l'object de son amour :
Mais afin d'eviter un visible naufrage
Mettons nous pour un temps à couvert de l'orage,

Et fuyant les abords de l'Infante & du Roy,
sçachons ce qu'ils auront deliberé de moy.

Scène septiesme

CELIANE *revenant de son esvanouissement.*
Quel Astre malheureux jaloux de ma fortune
Donne encore à mes yeux sa lumiere importune ?
Quel funeste Demon après tant de douleurs
Faict avecque mon corps revivre mes malheurs ?
Pluton me chasse-t'il de ses demeures sombres,
Me reffuse-t'on place en l'empire des ombres ?
Ouy : parce que la mort a pour moy des appas,
Les Dieux pour m'affliger ne me l'accordent pas.
Vien doncque lasche vainqueur, vien perfide Tygrane
Au lieu d'Eurimedon achever Celiane ;
Ta cruelle pitié prolonge ma langueur,
Et tu m'obligerois d'avoir plus de rigueur :
Mais je t'appelle en vain, tu n'entens pas ma plainte,
Vivons, mon coeur le veut, & je m'y vois contrainte,
Attendant que le Ciel plus esmeu de pitié
Lance le dernier traict de son inimitié ;
J'iray dans le sejour de quelque solitude
Chercher allegement à mon inquietude.

ACTE III

Scène première

EURIMEDON, PASITHÉE.

EURIMEDON

C'en est faict, Pasithée, il faut ceder au sort
Qui contre nos amours faict son dernier effort,
Il faut prendre congé de ces cheres delices
Qu'un soudain changement convertit en supplices ;
Je ne m'y puis resoudre, & pour me secourir
Le Ciel me feroit grace en me faisant mourir :
À mes plus justes voeux la fortune s'oppose,
Et vous perdant helas ! Je perdray toute chose ;
Esloigné de vos yeux tout me fasche, & me nuit ;
Je tiens indifferends & le jour, & la nuit,
C'est par vous seulement que mon ame respire,
Mais quoy sa Majesté veut que je me retire.
Ah trop severe arrest ! triste commandement
Qui ne differez plus ma mort que d'un moment

Satisfaictes le Roy, contentez son enuie,
Je consens librement qu'on m'arrache la vie,
Pourveu qu'en vous disant ces funestes adieux,
On m'accorde l'honneur de mourir à vos yeux.

PASITHÉE

Eurimedon, le Roy hait trop l'ingratitude
Pour faire à ses amis un traictement si rude,
Et vous devez penser qu'il ayme assez l'honneur
Pour ne vous pas oster un si foible bon-heur.

EURIMEDON

Madame, pleust aux Dieux que ce fut un mensonge
Qu'auroient faict seulement les chimeres d'un songe,
Mais mon malheur est vray : Falante ce matin
Par ce triste discours a marqué mon destin.
Eurimedon, le Roy jaloux de vostre gloire,
Craint de vous desrober quelque insigne victoire,
Et pour vostre interest touché de ce soucy
Il veut bien (s'il vous plaist) que vous partiez d'icy
Pour vous bien employer ses Estats sont trop calmes
Et vous pouvez ailleurs arracher mille palmes,
Au lieu que la grandeur d'un courage indompté
Se destruit tous les jours dedans l'oysiveté.

PASITHÉE

Sans doute (Eurimedon) que c'est un stratageme
Que Tygrane a joué croyant que je vous aime ;
Mais à ce compliment qu'avez vous respondu ?

EURIMEDON

Ce que pouvoit alors un esprit esperdu,
J'ay promis d'obeir, quoy que pour m'y resoudre
Il faille auparavant que je sente la foudre.

37

PASITHÉE

Mon Prince relevez vostre esprit abbatu,
Contre elle vos lauriers ont assez de vertu,
La volonté du Roy n'est pas irrevocable,
Je rends (quand il me plaist) son humeur plus traitable,
Et si quelque enuieux vous a desobligé
Vous aurez le plaisir d'estre bien-tost vangé.

EURIMEDON

Ah Madame ! si j'oze esperer cette grace
Ne blasmerez-vous pas l'excez de mon audace ?

PASITHÉE

Mais si je vous laissois en cette extremité
N'accuseriez vous pas mon coeur de lascheté ?

EURIMEDON

Non, j'en accuserois seulement la fortune.

PASITHÉE

Vous n'en aurez jamais qui ne me soit commune,
En cette occasion le Roy par sa rigueur
Peut beaucoup sur mon corps, & rien dessus mon coeur.

EURIMEDON

Cette faveur (Madame) augmente mes souffrances,
Pour oster mes regrets, ostez mes esperances,
Que vos yeux contre moy soient armez de couroux,
Vos regards plus cruels me seront les plus doux ;
Et puisque ma blessure est un coup de leur flame,
Qu'avecque leurs mespris ils guerissent mon ame.

PASITHÉE

Si Tygrane lassé d'estre ingrat & jaloux,
Me faisoit aujourd'huy les mesmes voeux que vous,

Cette requeste auroit quelque juste apparence,
Et je le traitterois avec indifference,
Mais plustost que d'user envers vous de rigueur
J'ayme mieux qu'on m'arrache & les yeux, et le coeur.

EURIMEDON

Il est vray qu'à present que mon malheur ordonne
Pour obeir au Roy que je vous abandonne,
Vous feriez conscience en mon esloignement
D'adjouster à mes maux un mauvais traitement ;
Mais si d'oresnavant ma presence importune
Veut que je quitte Amour pour suivre la fortune
De quoy vous servira le triste souvenir
Dont vous avez dessein de vous entretenir ?

PASITHÉE

Cet agreable objet de merite, & de gloire,
Conservera ce bien au moins à ma memoire
Que tenant occupez mon coeur, & mes espris
Il les empeschera d'estre jamais surpris,
Dez que d'un courtizan je seray regardée :
Aussi-tost consultant cette divine Idée,
Je luy tesmoigneray qu'après des feux si beaux
Je ne sçaurois brusler pour de moindres flambeaux :
Si quelqu'un me pretend par le nom de fidele,
Je diray : Mon Amant en estoit le modele ;
Et pour oster l'espoir aux plus ambitieux
Vostre gloire sera la honte de leurs yeux ;
Je leur proposeray vos vertus pour exemples,
Vos rares qualitez qui meritent des Temples,
Vos faits, vostre valeur, vostre discretion,
Et sur tout vostre amour, & mon affection.

EURIMEDON

Que mon destin (Madame) a d'estranges caprices !

Voyez combien de fiel altere mes delices,
Au point du desespoir il me veut resjouir,
Et m'offre des faveurs quand je n'en puis jouir.

PASITHÉE

L'amour (Eurimedon) faict de plus grands miracles,
Pour sçavoir vos ayeux consultez les Oracles,
Et si je manque alors à ce que j'ay promis,
Je consens que les Dieux soient tous mes ennemis.

EURIMEDON

Pour arres de ce bien dont mon ame est ravie,
Ma Reyne permettez que je laisse ma vie
(Eurimedon se panche pour luy baiser le sein)
Sur ce superbe Autel où mon coeur enflammé
N'attend que le bon-heur de se voir consommé.

Scène deuxiesme

EURIMEDON, PASITHÉE, ARCHELAS, FALANTE.

ARCHELAS *mettant la main à l'espée.*
Insolent bien plustost mon courroux legitime
Te va faire servir à mon bras de victime.

FALANTE

Ah Sire !

ARCHELAS

Laisse-moy punir ce suborneur,
Qui faict de mon Palais le tombeau de l'honneur.

PASITHÉE *à Eurimedon*

Seigneur au nom des Dieux evitez sa colere.

EURIMEDON *s'en allant.*

Ah de tant de bien-faits trop indigne salaire !

ARCHELAS

Mais d'un acte insolent juste punition.

PASITHÉE

Si vous examiniez quelle est sa passion
Elle vous feroit voir beaucoup de modestie.

ARCHELAS

Vous voulez contre moy vous rendre aussi partie
Madame : & vous croyez que son impunité
Authorise à present vostre temerité ?

PASITHÉE

Non Sire ; Mais en vous le Ciel veut que j'espere
La clemence d'un Juge, & la bonté d'un pere ;
Afin de m'excuser si ma civilité
A despleu maintenant à vostre Majesté.

ARCHELAS

Comme Juge je dois chastier son offence,
Et comme pere aussi corriger la licence,
Qui vous a faict donner à ce jeune effronté
Tant d'injustes faveurs & tant de privauté.

PASITHÉE

Sire je ne pouvois à moins d'estre incivile
À mon liberateur estre plus difficile,
Si ce Prince a receu quelque chose de moy

Vous m'avez le premier imposé cette loy,
Et sa propre vertu me forçoit de luy rendre
Les devoirs que l'honneur ne me pouvoit deffendre :
Tantost vous admiriez ce Prince genereux,
Pour le mesme à present vous estes rigoureux ;
Je dois à ce Guerrier le jour que je respire,
Vous voulez toutesfois qu'il sorte de l'Empire,
Et trompant son espoir avec un faux accueil
Vous promettez un throsne, & donnez un cercueil.

ARCHELAS

Qu'a faict ce Chevalier ? Et que doit-il pretendre !
Si ce qu'il a sauvé luy-mesme il le veut prendre,
Et ne vous a rendue à la Cour seulement
Que pour pescher icy plus magnifiquement,
Vous souffrez toutesfois que seul il vous cajolle,
Contre un pere pour luy vous prenez la parole,
Il baise librement & la bouche, & le sein,
Et tout cela chez vous passe pour bon dessein :
Sa conversation est la mesme innocence,
En parler seulement c'est commettre une offence :
Croyez que si le faict se passe impunément
Je n'ay plus de memoire ou de ressentiment,
Et que ne pouvant pas vous porter à me craindre
Pour vous persuader je sçauray vous contraindre ;
Malgré ce beau mignon qui cause tout cecy
Vos discours changeront dans peu de temps d'icy.

Scène trosiesme

EURIMEDON *s'en allant.*

42

À quel point m'a reduit la cruauté des Astres
Qui m'affligent tousjours,
Que je ne puis trouver parmy tant de desastres
La fin de ma misere, & celle de mes jours.
Sans cesse le malheur me livre ses atteintes,
Et mon mal sans pareil
M'arrache chaque jour plus de cris & de plaintes
Qu'on ne void de moments marquez par le Soleil.
Quoy qu'à ces rudes coups je fasse resistance
Je suis sans guerison :
Et lors que je m'en plains, si j'ay peu de constance
On n'en peut avoir moins avec plus de raison.
Je souffre injustement, & mon ame incapable
De plus d'affliction,
Pour meriter ces maux ne se trouve coupable
Qu'en peu de prevoyance, & trop d'affection.
Un pere toutesfois avec ses artifices
L'a rendue un escueil,
Où mes voeux innocens & tous mes bons offices
En recherchant le port, ont trouvé le cercueil.
Prince dont l'ame ingrate autant que desloyale,
Represente si mal la qualité Royale,
Sçache que quelque jour ton propre repentir
Te punira des maux que tu me faits sentir.
Lasche Roy quelle gloire as-tu de cet outrage ?
Crois-tu faire passer pour un traict de courage
Celuy dont ta rigueur afflige Eurimedon ?

Scène quatriesme

CELIANE, *en sa solitude.*

Dieux que je suis surprise & confuse à ce nom !
Tirons nous à l'escart, & sçachons par sa plainte
Toutes les passions dont son ame est atteinte.

EURIMEDON, *se promenant.*
Je devois, Archelas, mieux user du destin
Qui m'avoit envoyé ta fille pour butin,
Je devois faire esclave, & mener en Corcyre
Celle qui doit un jour regner en ton empire ;
En ce cas ton couroux auroit du fondement
Et tu me hayrois, mais legitimement.
Tu sçay comme à Lesbos j'ay rendu Pasithée,
Que je l'ay comme Reyne avec respect traittée ;
Tu me chasses pourtant, & tu souffres chez toy
Ceux qui t'ont tesmoigné moins d'amour que d'effroy,
Lors que par Araxés leur Princesse ravie
Devoit estre sauvee aussi-tost que suivie.
Celiane à part.
Voyla le Chevalier pour qui j'ay combatu,
Et de qui ma foiblesse a trahy la vertu.

EURIMEDON
Que Tygrane a bien faict ! que sa valeur est rare !
Qu'il a bien merité l'honneur qu'on luy prepare !
Qu'il a diligemment suivy le ravisseur
De l'objet dont on veut le rendre possesseur !
Ah le lasche ! il ne mit jamais la main aux armes,
Et je tirois du sang quand il versoit des larmes,
Toutesfois son bon-heur le va mettre en un rang
Qui me fera verser & des pleurs & du sang.

CELIANE
Le sens de ce discours marque ma destinée,
Celiane empeschons ce funeste hymenée,
Donnons à ce Guerrier de nouveaux mouvemens,

Et joignons nostre droict à ses ressentimens.

EURIMEDON

Le Ciel
Celiane l'abordant.
Eurimedon vous sera plus propice
S'il ouvre quelque jour l'oreille à la Justice

EURIMEDON

Je l'espreuve desja plus clement & plus doux
S'il m'a donné l'honneur d'estre cogneu de vous.

CELIANE

À peine je fus mise au port de Mitylene
Et j'imprimois encor mes pas sur son arene,
Que je sçavois desja par la voix du renom
Vos rares qualitez, & vostre illustre nom,
Je sçeus que par un rapt la Troade affligée
Estoit à vostre bras puissamment obligée,
Et que le Roy touché de ce traict de valeur
Voulait faire de vous.

EURIMEDON

L'exemple du malheur,
Ouy Seigneur, apprenez que son ingratitude
M'a rendu vagabond en cette solitude,
Où pour mieux obeyr aux rigueurs de mon sort
Je cherche le chemin qui conduit à la mort.

CELIANE

Au contraire cherchez le chemin de la gloire
Plustost que d'offencer vostre illustre memoire,
Et ne permettez pas que les traicts du malheur
Demeurent triomphans d'une insigne valeur,
Que le sort contre vous arme toute sa rage,

Un grand coeur est tousjours au dessus de l'orage,
Et malgré ses fureurs un genereux effort
À travers les écueils se fait passage au port.

EURIMEDON

Lors que mon desespoir vous parle de la sorte,
Ce n'est pas (Chevalier) la fureur qui m'emporte
Mais plustost de la mort un mespris genereux
M'oblige d'abreger un destin malheureux ;
Si je voyois encore quelque foible apparence
De conserver ma vie avec mon esperance,
J'employrois tous mes soins à prolonger mes jours,
Et ce bras à mon coeur presteroit son secours ;
Mais puis qu'un Prince ingrat m'a banny comme infame
Qu'il m'a cruellement separé de mon ame ;
Et que pour m'affliger avec plus de rigueur
Pour contenter Tygrane on m'arrache le Coeur ;
En fin puis qu'à mes voeux Pasithée est ravie
N'est-ce pas lascheté d'aymer encor ma vie,
Me conseilleriez-vous de respirer le jour
Apres avoir perdu ce bel astre d'amour ;
Non sans doute, mourons avant qu'on la possede,
Et que ma mort plûtost que mon amour la cede.

CELIANE

Pour la mesme raison vous devez tout souffrir
Plustost que de songer au dessein de mourir,
Quand le combat est grand la victoire est plus belle
Vivez pour Pasithée, & combattez pour elle.

EURIMEDON

Encor que ce projet soit genereux & beau,
Que peut contre un grand sceptre un debile roseau ?
Que peut un estranger, dont la foible puissance
N'a pour tout son secours que sa seule innocence ?

Contre qui les mortels & les Dieux conjurez
Descochent tous les jours mille traits acerez
Qui n'a pas seulement une seure retraite,
Pour empescher le coup qui marque sa deffaite,
Et qui de toutes parts rudement combatu,
N'a plus pour se parer qu'un reste de vertu.

CELIANE

Quoy doncque vous laisserez la victoire à Tygrane ?
Vous souffrirez l'Infante en sa couche prophane ?
Et sans luy disputer ce Myrthe glorieux
Il aura Pasithée en ses bras odieux ?
Ah cette lascheté seroit trop apparente ?
R'animez (Chevalier) vostre vertu mourante,
Afin de restablir l'esclat de vos lauriers,
Mes Estats ont pour vous d'assez braves guerriers.

EURIMEDON

Ah qui que vous soyez, ou l'honneur des Monarques,
Ou plustost (si je crois à ces divines marques,
Dont les puissans rayons esblouissent mes yeux)
Le plus grand & plus beau de la troupe des Dieux,
Ordonnez de mon sort, & s'il faut que je vive,
Mes jours seront heureux pourveu que je vous suive.

CELIANE

Non, non, je ne suis pas du rang des immortels,
Et je n'aspire pas à l'honneur des Autels,
C'est assez que le Ciel m'ayant faict naistre Prince,
M'ayt aussi faict Seigneur d'une belle Province,
Où mes sujets vivroient sous de paisibles loix,
Si l'aveugle Tyran qui triomphe des Rois,
Et qui faict aujourd'huy nostre commun martyre,
N'avoit dedans ma Cour estably son empire :
Ouy (brave Eurimedon) je suis interessé

47

En l'amour qui vous rend de Tygrane offencé ;
Et si vous secondez ma fureur irritée
Je l'empescheray bien d'espouser Pasithée.

EURIMEDON

Quoy ? l'Infante est aussi vostre inclination ?

CELIANE

J'ay pour ce haut dessein trop peu d'ambition :
Mon desir seulement est de punir Tygrane
Et de vanger le tort qu'il faict à Celiane,
Cette pauvre Princesse avoit receu sa foy.

EURIMEDON

Ah le traistre !

CELIANE

D'où vient cet homme que je voy ?

Scène cinquiesme

EURIMEDON, CELIANE, LYSANOR

EURIMEDON

C'est mon cher Lysanor qui vient de Mitylene
Où je l'avois laissé pour sçavoir de ma Reyne
Ce que de mon amour je devois esperer,
Et s'il m'estoit permis de vivre, ou d'expirer :
Dy moy donc Lysanor qu'a t'on faict de l'Infante ?
L'amour de mon rival est elle triomphante ?
Dit-on que Pasithée ayme ce bel Amant ?

Que le Roy soit content de mon esloignement ?
Ay-je par mon depart sa colere appaisée ?
Sa Cour n'est-elle plus de soucis divisée ?
En fin, void-on regner dans ce noble Palais
La concorde, l'amour, le repos, & la paix ?

LYSANOR

Je ne scay si je dois ou parler, ou me taire :
Mais puisque sur ce point il vous faut satisfaire,
Sçachez que d'Archelas les malheurs redoublez
Ont rendu le cahos à ses Estats troublez :
Depuis vostre depart l'Infante est prisonniere,
Araxés animé de sa flame premiere,
Avec mille Guerriers dans l'Isle descendu
Rend d'horreur & d'effroy tout ce peuple esperdu :
Le Roy pour resister à ce subit orage,
Dont l'horrible fureur esbranle son courage,
De crainte en mesme temps, & de rage interdit
Vient de faire par tout publier cet Edict.
Que quiconque pourroit empescher sa deffaite,
Emportant d'Araxés l'abominable teste,
Pour prix de sa valeur & de son action
Il auroit Pasithée & son affection.

CELIANE

Chevalier (s'il vous plaist) soyons de la partie,
Immolons au trespas cette coupable hostie.

EURIMEDON

Ce perfide Araxés par mes coups adverty
Esprouveroit le bras qu'il a desja senty,
Si je ne le cedois à la valeur du vostre.

CELIANE

J'ay destiné mon bras à la perte d'un autre,

Tygrane occuppe seul tous mes ressentimens,
Ainsi nostre dessein fera deux chastimens.

EURIMEDON

Il est vray : mais je crains qu'une rigueur extreme
Ne fasse revolter ce Roy contre moy-mesme,
Et que si j'ose encor me montrer à ses yeux,
Mesme plus qu'Araxés je ne sois odieux.

LYSANOR

Chassez, Eurimedon, cette inutile crainte
Cette hayne à present par une autre est esteinte
Et puis vous pouvez bien par un deguisement,
Eviter les transports d'un premier mouvement.

EURIMEDON

Icy la volonté d'un puissant Dieu raisonne,
J'iray dans Mitylene en habit d'Amazonne,
Et puis qu'icy le Myrthe est conjoint aux lauriers
J'auray pour moy Venus & le Dieu des Guerriers.

CELIANE

Puisque ma passion est de mesme nature
Je suivray (Grand Heros) vostre illustre advanture,
Non pas pour m'adjouster au rang de vos rivaux,
Mais bien pour vous ayder à finir vos travaux.

EURIMEDON

Puisque vous partagez cette louable envie,
Allons Prince adorable où l'honneur nous convie.

Scène sixiesme

PASITHÉE, ALERINE dans la prison.

ALERINE

Ah Madame ! ces pleurs, & ce coeur abatu
Sont indignes de vous & de vostre vertu,
Essuyez, essuyez ces inutiles larmes,
Et n'ayez pas recours à de si foibles armes ;
La tristesse sied mal sur un front genereux,
Il doit paroistre esgal bien qu'il soit malheureux,
Et mesme tesmoigner au plus fort de l'orage,
Qu'il peut changer de sort, mais non pas de courage.

PASITHÉE

En l'estat où je suis, il est bien mal-aisé
D'avoir le front esgal & l'esprit appaisé,
Mes larmes toutesfois arresteront leur course,
Mais je veux aussi-tost ouvrir une autre source,
Et puisque c'est trop peu que de verser des pleurs,
Mon sang fera mieux voir l'excez de mes malheurs.

ALERINE

Le desespoir (Madame) est pour ces ames basses,
Qui ne sçauroient souffrir un moment les disgraces,
Aussi bien que vos pleurs espargnez vostre sang,
Et faictes voir un coeur esgal à vostre rang,
Le malheur est souvent la source de la gloire,
L'Astre qui faict le jour sort d'une couche noire,
Et le pompeux esclat de ce divin flambeau
Paroit apres l'orage & plus clair, & plus beau ;
Et puis je ne voy pas le sujet de vos craintes,
Ny qu'elle occasion authorise vos plaintes,
Car encor que ce lieu ne soit pas un Palais

Digne de recevoir l'honneur de vos attraits,
Puisque pour vous ravir on attaque cette Isle,
C'est moins une prison que non pas un Azile.

PASITHÉE

Voy le triste estat de mon sort,
Et me voyant si mal traitee
Juge si differer l'heureux coup de ma mort.
Ce n'est pas trahir Pasithée.
Par un prodige tout nouveau
Mon propre pere est mon bourreau ;
Ma partie est mon Roy, mon Juge est mon complice ;
Mon Palais une triste tour,
Mon esperance, mon supplice,
Ma vertu c'est mon vice, & mon crime l'amour.
Ma beauté cause ma douleur
Au lieu de me rendre adorable,
Et les traicts qui devroient establir mon bon-heur
Me rendent plustost miserable :
Je suis un object de mespris
Que les destins ont faict le prix
Et l'espoir incertain d'une insolente armée ;
Où je me voy reduite au poinct
D'estre Espouse avant qu'estre aymée,
Peut-estre de celuy que je n'aymeray point.
Encor si mon Eurimedon
Pouvoit estre de la partie,
Sans doute je serois son prix, & son pardon
Et j'espererois ma sortie :
Mars, & l'Amour qui de mon coeur
L'ont desja rendu le vainqueur,
Luy donneroient encor cette heureuse victoire ;
Et mon sort devenu plus beau
Feroit le trosne de ma gloire,
Sur les mornes apprets de mon triste tombeau.

52

Mais au poinct où mon sort est mis
En vain ce doux penser me flatte,
Les Dieux pour m'obliger sont trop mes ennemis
Et la terre m'est trop ingratte :
Pour m'oster de cette prison
Usons du fer, ou du poison.
Et sortons de nos maux, en sortant de la vie ;
Cette genereuse action
Rendra ma mort digne d'envie,
Autant que mon malheur l'est de compassion.
Toutesfois avant cet effort
Attendons la fin de l'orage.
Souvent les malheureux sont jettez dans le port
Sur le debris de leur naufrage :
Avant que de perdre le jour
Voyons à qui Mars, & l'Amour
Reservent aujourd'huy la fatale Couronne,
Nous mourrons tousjours bien aprez,
Et si dans le champ de Bellonne
Il cueille le Laurier, Je prendray le Cyprez.

ACTE IV

Scène première

ARCHELAS, FALANTE.

ARCHELAS

Falante en quel Estat as-tu veu mon armee ?
Est-elle puissamment au combat animée ?
Ne dissimule point, descouvre moy mon sort,
Je verray d'un mesme oeil le naufrage, & le port.

FALANTE

Sire, jamais le Ciel ne veit un tel orage,
L'un & l'autre party sont de mesme courage,
Et comme un mesme espoir faict leurs ambitions,
Une pareille ardeur marque leurs actions ;
Le moindre des soldats combat en Capitaine,
Leur emulation rend leur gloire incertaine,
Et les tient tour à tour l'un sur l'autre advancez,
Tantost victorieux, & tantost repoussez.

ARCHELAS

En fin tu ne sçais pas de quelle destinée
Ma fortune aujourd'huy se verra terminée ?

FALANTE

Sire, cette inconstante a cessé son couroux,
Les Dieux visiblement se declarent pour nous,
Et s'ils ont tant laissé la victoire douteuse,
La perte d'Araxés en sera plus fameuse.

ARCHELAS

Quel tesmoignage as-tu de cet Evenement ?

FALANTE

Un prodige (grand Roy) digne d'estonnement :
J'ay veu (Sire) j'ay veu dans le champ de Bellone
Une auguste Deesse en habit d'Amazone,
Aux plus fiers ennemis arracher des Lauriers,
Et donner l'espouvante aux plus braves guerriers ;
À chaque mouvement son courage se montre,
Tout faict jour à ses coups, tout fuit à sa rencontre ;
Où sa fureur l'emporte, on void à chaque rang
Des cadavres noyez dans des fleuves de sang,
Et l'infame Araxés ne seroit plus qu'une ombre
S'il n'estoit protegé de la force du nombre ;
Sans cela le combat seroit desja finy,
Vous vangé, nous vainqueurs, & le traistre puny.

ARCHELAS

Les Dieux ont de tout temps protegé ma Couronne.

FALANTE

Aussi n'est-ce pas là le sujet qui m'estonne,
Un miracle plus grand confond mon jugement.

ARCHELAS

Ne m'entretiens pas tant, & parle clairement.

FALANTE

Cette belle Amazone a comme le courage
Du Prince Eurimedon, le port & le visage ;
Mesme ces deux objets se ressemblent si fort
Qu'elle a trompé mes yeux à son premier abord.

ARCHELAS

Mais peut-estre Falante est-ce Eurimedon mesme.

FALANTE

Non Sire : bien qu'entre eux le rapport soit extreme,
Elle m'a protesté n'avoir jamais cogneu
Ce Prince dont je l'ay long-temps entretenu,
Hermionne est son nom, son pays est la Thrace,
Et Mars asseurement est l'autheur de sa race ;
Au lieu qu'Eurimedon ne sçait en quel sejour
Le Ciel ouvrit ses yeux à la clarté du jour :
Et quand cette raison tromperoit ma creance,
Je sçay bien que le sexe en faict la difference.

ARCHELAS

Qui que tu sois Deesse acheve tes bien-faits
Et rends à mon Estat le repos & la paix :
Mais quel estrange bruit vient frapper mon oreille ?

FALANTE

Sire c'est l'Amazone.

ARCHELAS

Ah Dieux quelle merveille !
Cette grave douceur & cette Majesté,

Sont les visibles traits d'une Divinité.

Scène deuxiesme

EURIMEDON, ARCHELAS, FALANTE, TYGRANE, CELIANE
déguisée.

EURIMEDON *en Amazone tenant la teste d'Araxés.*
En fin (Sire) voila ce superbe Encelade
Dont la temerité menaçoit la Troade,
Voila de vos sujets la terreur, & l'effroy,
Et le vain poursuivant des Couronnes d'un Roy ;
En un mot, vous voyez l'usurpateur infame,
Si bien humilié par la main d'une femme
Que son coupable chef à vos pieds abbatu,
Et contraint de baiser les pas de la vertu.

ARCHELAS
Ah divine guerriere ! apres cette victoire
Combien je dois d'encens à vostre illustre gloire !
Que je suis redevable à mon propre malheur
De m'avoir aujourd'huy procuré cet honneur,
Qu'une divinité si puissante, & si belle,
Ayt voulu prendre part en ma juste querelle,
Et malgré la fureur d'un perfide attentat
Sauver d'un coup heureux mon Sceptre & mon estat.

EURIMEDON
Sire, Je ne suis pas immortelle, ou divine,
C'est assez que je sois d'une illustre origine ;
Et qu'entre mes ayeux je puis compter des Rois

Dont autresfois la Thrace a reveré les loix :
J'en pouvois justement esperer la couronne,
Si le sort eut voulu mieux traitter Hermionne ;
Mais lors que l'inconstant m'eust mis le Sceptre en main
Le traistre me l'osta du jour au lendemain :
J'ay suivy du depuis sous l'habit d'Amazone
L'exercice sanglant de la fiere Bellone,
Et pour me signaler je cherchois les hazars,
Quant j'ay veu déployer vos heureux estendars ;
Dez que j'ay recogneu par ces augustes marques
Les vaillans escadrons du plus grand des Monarques,
Et qu'infailliblement un traistre usurpateur
Estoit de cette guerre & le Chef, & l'Autheur,
Aussi-tost ma fureur justement animée
Chercha cet insolent parmy toute l'armée,
Afin de luy ravir par un coup solemnel,
Le prix qu'il attendoit d'un dessein criminel.

ARCHELAS

Puis qu'on vous a ravy le Sceptre qui fut vostre,
Daignez belle Princesse en recevoir un autre,
Et si vous agreez les hommages d'un Roy,
Regnez dans mon empire & triomphez de moy.

EURIMEDON

Que je regne & triomphe ! Ah Dieux quelle apparence
Que l'object du mepris & de l'indifference
Osast à ce degré de grandeur aspirer,
Qu'à peine une Deesse oseroit esperer !
Mais puis que vostre rang vous permet toute chose,
Je ne reffuse pas ce qu'un Roy me propose ;
Sire (puis qu'il vous plaist) j'accepte cet honneur,
Que vostre Majesté presente à mon bon-heur,
Et la conjure icy d'avoir en sa memoire
L'offre qui me doit mettre au comble de ma gloire.

ARCHELAS

Je n'en perdray jamais l'aymable souvenir,
Ma promesse pour vous est facile à tenir,
Il me tarde desja que je ne l'effectue,
Je vous ayme (Madame) & ce delay me tue.

EURIMEDON

Cet amour pour durer est un peu violent,
J'aymerois mieux ce feu s'il paroissoit plus lent :
Sire moderez-vous, & donnez à vostre ame
Le loisir de pouvoir examiner sa flame,
L'esprit blasme souvent ce que l'oeil a voulu.

ARCHELAS

On delibere en vain sur un point resolu :
Cette rare vertu dont vostre ame est pourveue
Surprend en mesme temps & l'esprit & la veue,
Et donne dés l'abord des transports si puissans,
Qu'elle est en un moment maistresse de nos sens,
En fin si vos rigueurs trompent mon esperance,
Vous ne me verrez mettre aucune difference
Entre aymer, & mourir pour un objet si beau.

EURIMEDON

Grand Roy j'atteste icy le celeste flambeau,
Que j'ayme tant l'honneur de vostre bien-vueillance
Que je meurs du desir d'estre en vostre alliance,
C'est un bien que mon coeur souhaitte plus que vous,
Et je ne vivrois pas sans un espoir si doux ;
Mais la fureur encor possede trop mon ame
Pour faire si-tost place à l'ardeur de ma flame,
Il faut donner à Mars le temps de respirer
Auparavant qu'Amour le fasse retirer.

ARCHELAS

Ma Reyne je le veux pourveu que mon attente
Conserve en vostre coeur une flame constante.

EURIMEDON

Mon Prince, Je consens qu'on me prive du jour,
Si je change jamais l'objet de mon amour.

ARCHELAS

Hé bien ! Tygrane : en fin ma gloire est sans seconde ;
Cognois-tu quelque Roy plus heureux dans le monde ?
Possedant cette Reyne est-il sous le Soleil
Un Monarque honnoré d'un triomphe pareil ?

TYGRANE

Non Sire : Ce bon-heur comme vostre merite
Ne reçoit point d'esgal, non plus que de limite,
Et je croy que les Dieux quand vous serez unis
Vous combleront encor de plaisirs infinis :
Mais puis que de ce bien vostre ame est si contente,
Finissez (grand Monarque) une importune attente,
Vous sçavez bien le prix que vous avez promis
À celuy qui pourroit chasser vos ennemis,
Il est vray qu'Hermionne a faict nostre victoire,
Et qu'on doit à son bras une immortelle gloire ;
Mais puis qu'aupres de vous elle a desja son prix
Que le nostre (grand Roy) ne soit pas un mespris,
Comme elle nous avons montré nostre courage,
Et nous avons senty nostre part de l'orage ;
Encore qu'Araxés soit par elle abbatu,
En cela son bon-heur seconda sa vertu ;
Mais en tout le combat nous l'avons assistée,
Voyez doncque qui de nous merite Pasithée.
Grand Prince disposez de ce prix glorieux,
Et finissez l'espoir de mille ambitieux.

ARCHELAS

Puis qu'aujourd'huy je dois l'appuy de ma Couronne,
À la seule valeur de la belle Hermionne,
Il est juste qu'elle ayt toute seule l'honneur
Qu'on doit à sa vertu bien plus qu'à son bon-heur :
C'est pourquoy je la rends de ces lieux Souveraine,
Je veux que mes sujets la reverent en Reyne,
Et comme mon Estat ne se peut separer
Seule elle aura le prix qu'on devoit esperer.

TYGRANE

Qu'Hermionne (grand Roy) possede vostre Empire,
Ce n'est pas à ce prix que mon courage aspire,
Que cette Deïté regne dans vostre Cour,
Mais ne reffusez point Pasithee à l'amour.

CELIANE, *ostant son casque.*

Perfide, osez-vous bien paroistre en cette lice ?
Crois-tu que la vertu recompense le vice ?
Et que le Ciel honteux des crimes que tu faits,
Au lieu de te punir t'accorde des bien-faits ?
N'est-ce pas pour avoir abusé Celiane
Qu'on te doit Pasithée, infidele Tygrane ?
Ou bien pour avoir faict ce genereux duel,
Où tu fus si vaillant, ou plustost si cruel ?
Si tu ne te souviens de ce juste reproche
Retournons sur les lieux : le champ est assez proche
Où sur Eurimedon tu creus estre vainqueur,
Mais ce fut moy qui fus l'objet de ta rigueur,
Avecque tes mespris je ressentis ta rage,
Tu surmontas ma force, & non pas mon courage ;
Et quoy que mon dessein ne fut que de perir,
Ton fer me blessa bien, mais je ne pûs mourir.
Tu rougis infidele, & tu croyois peut-estre

Que l'on devoit icy recompenser un traistre :
Non, non, le Ciel est juste, & les Dieux irritez,
Punissent tost ou tard les infidelitez,
Ne demande doncque pas un salaire Prophane :
Mais recognois icy ton crime, & Celiane.

TYGRANE

Je recognois (Madame) & mon crime & vos yeux
Ils sont en mesme temps mes Juges, & mes Dieux ;
Qu'ils me punissent doncque & que leur vive flame
Abrege de mes jours la malheureuse trame,
Il est vray j'ay failly, vostre rare beauté
Meritoit plus d'amour, & de fidelité,
Mais ce qui me console au milieu de ma peine
Vous fustes tousjours belle, & jamais inhumaine :
Toutesfois si je suis indigne de pitié
sçacrifiez Tygrane à vostre inimitié.
Il luy presente son espée.
Tenez voila de quoy contenter vostre enuie,
Vangez-vous Celiane, arrachez-moy la vie,
Et par mon sang coupable à vos pieds respandu
Payez-vous de celuy que vous avez perdu.

CELIANE

La mort pour un ingrat seroit trop favorable
Et le coup de ma main un peu trop honnorable
Tes regrets feront mieux cet office que moy.

EURIMEDON

Madame revocquez cette severe Loy,
Il n'est point de pechez qu'un repentir n'efface.

ARCHELAS

Je veux qu'en ma faveur il obtienne sa grace
Qu'il vive sous vos loix, mais à condition

62

Qu'il sera plus fidele en son affection.

CELIANE
Sire (puis qu'il vous plaist) Celiane est contente,
De regler son amour sur cette heureuse attente.

ARCHELAS
C'est assez Celiane, on verra quelque jour
Si ce Prince sera digne de vostre amour.

Scène trosiesme

ARCHELAS, EURIMEDON deguisé.

ARCHELAS
Oseray-je esperer qu'il vous plaise (Madame)
Sur un point curieux satisfaire à mon ame,
Et ne tiendrez-vous pas pour incivilité,
Si je vous faits sçavoir ma curiosité ?

EURIMEDON
Sire à vous obeir me voyla toute preste.

ARCHELAS
D'où provenoit tantost cette rougeur honneste,
Qui m'a faict remarquer vostre alteration
Quand Tygrane a parlé de son affection,
Et sur tout quand ce Prince a nommé Pasithée ;
Ma veuz estoit alors dessus vous arrestée :
Ne dissimulez point, dites moy franchement

Ce qui vous a causé ce soudain mouvement.

EURIMEDON

Quand Tygrane a parlé de sa belle entreprise
Vous croyant sans enfans ce propos m'a surprise,
Et si j'ay faict paroistre un peu d'emotion,
J'avois pour l'exciter assez de passion.

ARCHELAS

Des fruicts de mon amour je n'ay que cette fille,
Elle seule aujourd'huy faict toute ma famille,
Encore maintenant suis-je reduit au point
De m'estimer heureux si je ne l'avois point.

EURIMEDON

Quel mescontentement avez-vous receu d'elle
Dont la faute aujourd'huy la rend si criminelle ?

ARCHELAS

Naguere un estranger en cette Isle arrivé
A si soudainement son esprit captivé,
Que pour mieux estouffer cette flame naissante
Qui dans leurs jeunes coeurs se rendoit trop puissante,
Je me suis veu contraint de la mettre en prison,
Afin d'en retirer son coeur et sa raison ;
Son Amant par sa fuitte evita ma colere.

EURIMEDON

Vrayement cet Estranger eut tort de vous desplaire ;
Mais Seigneur avoit-il son honneur assailly
Au point que vous croyez que l'Infante ayt failly ?

ARCHELAS

Non : elle ne s'est pas tellement oubliée,
Et je croy seulement qu'elle s'estoit liée

Avecque moins d'amour que d'obligation
À ce nouvel object de son affection,
Je cogneus toutesfois leurs flames indiscrettes,
Je sçeus qu'ils se donnoient des visites secrettes,
Et comme Pasithée aydoit à son dessein
Je le surpris un jour qu'il luy baisoit le sein ;
Mon ame à cet object de colere enflammée
Voulut perdre d'un coup & l'amant, & l'aymée,
Mais

EURIMEDON

Vous avez puny trop rigoureusement
L'amour d'une Princesse, & les voeux d'un Amant
Qui n'estoit pas peut-estre indigne de sa flame.

ARCHELAS

En cette occasion je confesse (Madame)
Que ce jeune estranger avoit des qualitez,
Capables de fleschir les plus rares beautez,
Et mesme il nous avoit rendu quelque service.

EURIMEDON

Vous luy rendiez pourtant un tres-mauvais office,
Et c'est mal s'acquitter d'une obligation,
De donner pour un prix une punition :
Mais encor estoit-il d'une illustre naissance ?

ARCHELAS

Il ne sçavoit sur quoy fonder cette esperance,
Et pretendoit pourtant sans mon consentement
Un rang que je reserve à des Roys seulement.

EURIMEDON

Advouez que l'amour est un crime agreable,
Qu'on devroit appeller une erreur excusable,

Et si ceux qui le font meritent le trespas
Ils ne doivent mourir qu'au milieu des appas :
Excusez doncque Seigneur ces Innocentes flames,
Elles ne logent point que dans les belles ames,
Et le mespris d'amour est plustost un effect
D'une arrogante humeur que d'un esprit bien fait.
En fin en ma faveur delivrez Pasithée,
Sinon le trosne auguste où je suis invitée,
Me plaira beaucoup moins que ne faict le tombeau.

ARCHELAS

Pour ne me pas fleschir l'Orateur est trop beau,
Ma Reyne j'y consens, & promets à cette heure
De la tirer demain de sa triste demeure,
Pourveu que vostre Esclave, & de plus vostre Amant
Puisse esperer de vous un pareil traitement.

EURIMEDON

Je m'en vay luy porter cette heureuse nouvelle.
(Il sort.)

ARCHELAS

Allez. Que cette Reyne est pitoyable, & belle !
Que les traits de ses yeux mes superbes vainqueurs
Ont des charmes puissans pour captiver les coeurs !
Il n'est point de dépit qui ne cede à sa grace,
Point de ressentiment que sa bouche n'efface,
Alors qu'elle commande il luy faut obeïr,
Et ce quelle cherit, on ne le peut haïr.

Scène quatriesme

EURIMEDON, PASITHÉE, ALERINE, dans la prison.

EURIMEDON, *en Amazone*
Digne objet de pitié, mais beaucoup plus d'envie
Qui tiens mesme d'Amour la liberté ravie,
Se peut-il que je voye en ces funestes lieux
Celle dont la beauté peut captiver les Dieux ?
Non, non : Je ne sçaurois souffrir cette injustice,
Tout le monde prend part en ce rude supplice,
Et sans vos doux regards son destin a pareil
Aux lieux qui sont privez des clartez du Soleil,
Il est temps que la Cour dissipe sa tristesse,
Qu'on luy rende sa joye avecque sa Princesse,
Et que de la prison vous veniez au Palais,
Gouster avecque nous les douceurs de la paix.

PASITHÉE
Madame : Les prisons sont des champs Elisées,
Quand vos divins regards les ont favorisées,
Au lieu que les Palais où vos yeux ne sont pas,
Ne sont que des Enfers où regne le trespas.
Mais par quelle faveur, & de quel bon Genie
Ay-je aujourd'huy receu cette grace infinie
Qu'un Astre dont l'esclat est si doux à mes yeux
Vienne luire, où jamais ne luit celuy des Cieux ?

EURIMEDON
C'est le flambeau d'Amour qui finira vos peines.

PASITHÉE
Ah ce tyran (Madame) est l'autheur de mes chaisnes !

EURIMEDON

Ainsi le mesme traict qui fit vostre tourment
Fera d'oresnavant vostre contentement,
Si vous favorisez sa prudente conduitte.

PASITHÉE

Ah Dieux ! à cet object je suis toute interdite,
Et j'ay dans mon esprit tant de confusion,
Que tout ce que je voy me semble illusion.

EURIMEDON

Ne vous souvient-il pas quand nous sommes ensemble,
D'avoir jamais cogneu quelqu'un qui me ressemble ?
Ne craignez point (Madame) advouez le secret,
J'ay pour en bien user l'esprit assez discret ;
Outre que j'ay beaucoup d'interest en l'affaire,
Elle concerne encore le salut de mon frere,
Qui vivement touché des traicts de vostre amour
Ne void plus qu'à regret la lumiere du jour ;
Ouy (Madame) j'entray dedans cette Province,
Afin de secourir ce miserable Prince,
Et que le desespoir va reduire à la mort :
Ma valeur a rendu la paix à Mitylene,
Et je puis esperer la qualité de Reyne,
Puis que j'ay pû donner assez d'amour au Roy
Pour me faire l'honneur de me donner sa foy :
Mais qu'il n'espere pas la faveur qu'il souhaitte
Qu'Hermionne ne soit de tout poinct satisfaite,
Qu'il ne m'ayt de mon frere accordé le pardon,
Et que vous ne soyez femme d'Eurimedon.

PASITHÉE

Madame, Je croyrois que vous voudriez surprendre
Cet esprit innocent qui vient de vous entendre,
Si le Ciel en naissant ne vous avoit faict don

Des plus aymables traits de mon Eurimedon :
Mais puisque vous portez de si visibles marques
De celuy que j'honnore au dessus des Monarques,
Je recognois assez que vous estes sa soeur ;
Il a les mesmes yeux & la mesme douceur,
Cette bouche, ce front, cette grave apparence,
En fin le sexe seul en faict la difference.

EURIMEDON

Tout le monde a de nous la mesme opinion.

PASITHÉE

Puisque vous estes joints d'une telle union,
Et que pour son repos vous veillez de la sorte,
J'advouray librement l'amour que je luy porte :
Ouy je l'ayme, Madame, & ma captivité
Trouve parmy mes fers de la felicité,
Il calme ma douleur, Il faict tarir mes larmes,
Lors que mon souvenir m'entretient de ses charmes,
Et si par fois je fais des projets inhumains,
Son beau nom faict tomber les armes de mes mains.

EURIMEDON

Que mon frere (Madame) auroit l'ame ravie
Et que j'estimerois son sort digne d'envie,
S'il oyoit ces propos pleins d'amour, & de foy,
Ou plustost s'il pouvoit vous baiser comme moy.

PASITHÉE

Au poinct où je vous vois aupres du Roy mon pere,
Vous pouvez tout Madame.

EURIMEDON

Hé bien ! laissez-moy faire.
Quand vous m'aurez donné vostre consentement

69

Il ne manquera rien à son contentement :
Mais c'est assez parlé de l'interest d'un autre,
Il est temps desormais que nous pensions au nostre :
Voudriez vous maintenant me faire une faveur ?

PASITHÉE

Vous obeir (Madame) est mon plus grand honneur,
Commandez seulement & vous serez servie.

EURIMEDON

Dans ce cher entretien mon ame est si ravie,
Que je ne voudrois pas m'en separer jamais.
Madame trouvez bon que j'envoye au Palais,
Pour supplier le Roy qu'il m'accorde une chose.

PASITHÉE

Quelle ?

EURIMEDON

Qu'aupres de vous cette nuict je repose,
Si je ne vous suis pas importune ;

PASITHÉE

Vrayment
Vous pouviez employer un autre compliment.
Importune bons Dieux ! Me croyez-vous si vaine,
Que vous considerant pour ma mere & ma Reyne
J'abuse de l'honneur, & de l'affection
Que vous me témoignez en cette occasion ?
Non, non, je ne suis pas à ce poinct arrogante,
Vous devez autrement traitter vostre servante :
Vous avez sur mon ame un absolu pouvoir,
Et vous devez penser que je sçay mon devoir.

EURIMEDON

70

De ces sousmissions je suis toute confuse,
Mais avec ce respect pourtant on me refuse.

PASITHÉE

Nullement : Alerine allez trouver le Roy,
Dites luy que Madame est encore chez moy,
Et que pour me parler d'un soucy qui la touche
Elle souhaitte fort de partager ma couche ;
Mais avecque l'adveu de son consentement.

ALERINE

J'y vay Madame.

PASITHÉE

Allez : & venez promptement
Pour me deshabiller ; Il est tard ce me semble,
Nous aurons tout loisir de deviser ensemble,
Si la bonté du Roy s'accorde à nos desirs.

EURIMEDON

Desja ce doux espoir me comble de plaisir,
Mais je crains que l'effet de cette courtoisie
Ne donne à nostre Amant un peu de jalousie,
S'il apprend quelque jour le bon-heur où je suis :
Cependant que son coeur est parmy les ennuis,
Et dedans les langueurs d'une fascheuse absence
Faict d'un excez d'amour l'injuste penitence.

PASITHÉE

Si jusque icy l'amour a mal traité nos voeux,
Le mesme quelque jour nous ravira tous deux,
Et par nostre union finissant nos supplices
Versera sur nos maux ses plus cheres delices.

EURIMEDON

Pour la mesme raison vous devez croire aussi
Que le mal de mon frere est beaucoup adoucy,
Et quelque desplaisir qui trouble sa pensée,
La cause de son mal rend sa peine effacée :
Mais bons Dieux ! qu'Alerine est longue en son retour !

PASITHÉE

Madame : la voicy.

EURIMEDON

J'en rends grace à l'amour.

Scène cinquiesme

EURIMEDON, PASITHÉE, ALERINE

EURIMEDON

He bien qu'a dit le Roy ?

ALERINE

Que la belle Hermionne
Pour suivre ses desirs n'a besoin de personne,
Et que ses volontez sont d'assez fortes loix
Pour ne pas relever de la faveur des Roys,
En un mot Archelas s'accorde à vostre envie.
Elle se retire.

EURIMEDON

Il me faict trop d'honneur.

PASITHÉE

Et moy j'en suis ravie.

EURIMEDON

Certes voilà des traicts d'une extréme bonté.

PASITHÉE

Mais plustost du credit de vostre Majesté,
Dont la grace est unique ainsi que sans pareille.

EURIMEDON

Exceptez-en la vostre (adorable merveille,)
Car c'est d'elle qu'on peut dire avec raison
Que ses charmes divins sont sans comparaison.

PASITHÉE

Vous me forcez pourtant d'advouer à ma honte
Que vostre courtoisie aujourd'huy me surmonte.

EURIMEDON

Pour estre un digne objet à vostre affection
Je veux bien vous laisser en cette opinion,
Mais le peu de merite où mon espoir se fonde
Accusera d'erreur les plus beaux yeux du monde,
Et fera reprocher à vostre jugement
Qu'il a lors qu'il me flatte un peu d'aveuglement.

PASITHÉE

Icy vostre vertu m'impose le silence,
Mais l'admiration sera mon esloquence.

EURIMEDON

Brisons là ce discours, Madame.

PASITHÉE

Je le veux.

EURIMEDON

Que le Ciel (ma Princesse) est propice à mes voeux !
Ah que sur ce beau sein je voy de belles choses !
Son teint ressemble aux lys, & vostre bouche aux roses,
Les graces dedans l'une ont choisy leur sejour,
L'autre d'un beau rocher faict le trosne d'Amour,
Et comme ils sont tous d'eux de visibles miracles,
L'un reçoit tous nos voeux, l'autre rend des Oracles ;
En fin je vois icy comme dans un tableau
Tout ce que la nature a de rare & de beau.
Mais que j'ay de regrets parmy ces belles choses !
Que je voy de soucis au milieu de ces roses !
Et que je suis confuse en ce dernier effort
Où peut-estre ma nef fera naufrage au port.

PASITHÉE

Vous souspirez (Madame) & vostre teint se change,
D'où vous vient si soudain cette palleur estrange ?
Dieux ! vous trouvez-vous mal ?

EURIMEDON

Madame il faut mourir
Ou que vostre pitié s'offre à me secourir.

PASITHÉE

Ce n'est pas un devoir que ma main vous reffuse,
Mais ce nouveau discours me rend toute confuse,
Parlez moy clairement.

EURIMEDON

Ah Madame ! pardon.
C'est trop vous abuser. Je suis Eurimedon.

PASITHÉE

Eurimedon bons Dieux !

EURIMEDON

Luy-mesme ma Deesse.

PASITHÉE

Ô miserable fille ! ô chetive Princesse.
C'en est faict, ton malheur arrive au dernier poinct.

EURIMEDON

Madame parlez bas, & ne vous faschez point.

PASITHÉE

Quoy meschant tu voudrois apres cette impudence
Que ma voix fust encore de ton intelligence ?
Apres avoir tendu ce piege à mon honneur,
Tu veux que je me taise insolent suborneur ?
Non, non, traistre, je veux que ma douleur esclatte.

EURIMEDON

Madame

PASITHÉE

C'est en vain que ton amour me flatte,
Ne m'importunes plus de tes voeux indiscrets,
Mais permets à la mort d'estouffer mes regrets.
Ô sensible malheur !

Scène sixiesme

EURIMEDON, PASITHÉE, ALERINE.

ALERINE

He qu'avez-vous Madame ?

PASITHÉE

Un mal qui m'a surprise, & qui m'arrache l'ame.

ALERINE

Vostre voix a d'abord troublé tous mes esprits.

PASITHÉE

L'excez de ma douleur m'a fait jetter ces cris.

ALERINE

Ce mal est bien soudain, & j'en suis fort en peine.

PASITHÉE

Alerine de peur d'incommoder la Reyne,
Je vay passer la nuict dans vostre appartement.
(Elles sortent.)

EURIMEDON *seul.*

Ah deplorable Prince ! ô malheureux Amant !
Que ton impatience a destruit de delices !
Et prepare à ton coeur de sensibles supplices !
Mais ne murmure point contre cette beauté
Que tu viens d'offencer par ta temerité,
Tu sens un chastiment moindre que ton audace,
Et malgré son couroux la pitié t'a faict grace.
Vange plustost le tort que ton amour a fait,
Offre toy pour victime à cet object parfaict,
Et par ton propre sang effaçant ton offence
N'espargne par tes jours quand tu pers l'innocence :
Esperons toutesfois : Mes services passez
Ne sont pas tout à faict de son coeur effacez,

Puisque dans sa douleur sa bouche s'est contrainte,
Et n'a pas descouvert le sujet de sa plainte,
Ce silence discret montre qu'asseurément
Son amour est plus fort que son ressentiment.

ACTE V

Scène première

TYGRANE

Amour oste à mes sens cette importune Idee
Dont mon ame est encore malgré moy possedée,
Rompts les fers orgueilleux où je suis engagé :
Et rends par mon repos mon esprit soulagé :
N'entretiens plus mon coeur des charmes de l'Infante,
Fay paroistre à mes yeux sa beauté moins puissante,
Et pour rendre aujourd'huy mon mal moins rigoureux
Forme la moins aymable, ou fay moy plus heureux :
Si tu veux m'obliger dy moy que Celiane,
Surpasse en ses attraits & Venus, & Diane ;
Vante à tout l'Univers sa generosité,
Et les nobles effets de sa fidelité ;
Mais plustost de ce pas allons luy rendre hommage,
Et demander pardon d'avoir esté volage,
Mes yeux preparez-vous d'adorer ses apas,
Puis qu'elle a dans ses mains ma vie, & mon trespas,

Allons.

Scène deuxiesme

CELIANE, TYGRANE.

CELIANE

Où va Tygrane ?

TYGRANE

Où son devoir l'appelle.

CELIANE

Perfide dy plustost où t'attend une belle.
Il est vray que j'ay tort de blasmer ton devoir,
Et de te regarder lors que tu vas la voir ;
Pasithée a des traits qui font que Celiane
N'oseroit esperer l'entretien de Tygrane.

TYGRANE

Ah Madame ! espargnez un malheureux Amant,
Je bornois mes desseins à vous voir seulement.

CELIANE

As-tu mise en oubly la Reyne de ton ame ?

TYGRANE

Je ne puis l'oublier puisque c'est vous (Madame)
Dont l'absolu pouvoir regne sur mes esprits.

CELIANE

Et tu n'es plus pour moy qu'un objet de mespris.

TYGRANE

Oubliez mon erreur, oubliez mon offence,
Et voyez mon amour après mon inconstance ;
Comme l'Astre du jour alors qu'il sort de l'eau,
Mon feu sera plus net & paroistra plus beau,
Pourveu qu'en ma faveur quelque pitié vous touche.

CELIANE

Depuis quand cette amour loge-t'elle en ta bouche ?
Sans doute desloyal tu ne te souviens pas
Combien ta Pasithée a de grace & d'apas.

TYGRANE

Ah belle Celiane !

CELIANE

Hé bien Prince volage ?

TYGRANE

Serez-vous sans pitié ?

CELIANE

Seras-tu sans courage ?

TYGRANE

Il en faut bien avoir pour souffrir vos discours.

CELIANE

Il faut trop de pitié pour te donner secours.

TYGRANE

Il est vray la faveur d'une grace est trop grande
Et ce n'est pas aussi ce que je vous demande,

Non, je n'invoque plus icy vostre pitié,
Mais j'ay plustost recours à vostre inimitié ;
Ouy qu'elle fasse au moins cet honneur à ma vie
De la croire aujourd'huy digne d'estre ravie,
Pour reparation du crime que j'ay faict
D'avoir ozé trahir un objet si parfaict.

CELIANE

Tygrane c'est assez, mon ame moins cruelle
Veut attendre de vous une amour plus fidelle :
J'approuve vos devoirs, & la suitte du temps
Si vous perseverez nous peut rendre contens,
Allez : retirez-vous avec cette esperance.

TYGRANE

Et vous vivez (Madame) avec cette asseurance,
Que je conserveray mesme après le trespas
L'amour que j'ay vouée à vos divins apas.
(Il sort.)

CELIANE *seule.*

En fin ma passion triomphe de Tygrane,
Ce superbe vainqueur se rend à Celiane,
Et les traits de mes yeux plus forts que ses desdains
Reparent la foiblesse & l'affront de mes mains :
À ces nobles efforts ma raison rend les armes,
Je trouve que son crime est moindre que ses charmes,
Et de quelque dépit dont mon coeur soit touché
Je croy le repentir plus grand que le peché ;
Après cette faveur (Amour) je te rends grace
De m'avoir inspiré la genereuse audace
Qui m'a faict rencontrer dans l'orage le port,
Et m'a donné la vie, où je cherchois la mort.

Scène troisiesme

ARCHELAS, MELINTE, & leur suite.

ARCHELAS

Grand Monarque, il est vray : l'insolence d'un Prince
A troublé depuis peu cette heureuse Province,
Mais cet Eurimedon que vous cherchez icy
Ne nous a pas osté ce penible soucy.
Quand le traistre Araxés descendit dans cette Isle,
Desja ce Chevalier avoit quitté la ville,
Et parmy le danger de ce soudain malheur
Son absence m'eust faict regretter sa valeur,
Si les Dieux par le bras d'une auguste Amazone
N'eussent puny le traistre, & rasseuré mon trosne ;
Je ne laisse pourtant de vous estre obligé
D'avoir voulu deffendre un Estat affligé.

MELINTE

Le devoir mutuel qui nos sceptres allie
M'a faict pour ce sujet partir de Thessalie,
Où j'appris que Bellonne exerçoit son couroux
Sur cette nation qui releve de vous ;
Et comme Eurimedon n'ayme rien que la guerre,
J'ay creu le rencontrer en cette heureuse terre :
Mais à ce que je voy le sort malicieux
L'a contre mon espoir esloigné de ces lieux.

ARCHELAS

Ce fut plustost l'effect de ma juste colere.

MELINTE

Quoy, vous l'avez chassé ?

ARCHELAS

Sans doute.

MELINTE

Ah c'est mon frere !

ARCHELAS

Vostre frere bons Dieux !

MELINTE

Ouy, mon frere.

ARCHELAS

Grand Roy,
J'ay regret de l'avoir si mal traicté chez moy
S'il m'avoit declaré son illustre naissance,
Je n'aurois pas commis envers luy cette offence,
Au contraire j'aurois contenté ses desirs,
Et par un bon accueil finy ses desplaisirs.

MELINTE

Luy-mesme ne sçait pas qu'il soit de nostre race,
Il veid avec ses jours commencer sa disgrace,
Et l'Astre qui premier esclaira son berceau
Pensa d'un mesme temps esclairer son tombeau :
Toutesfois si le sort fut ingrat, & barbare,
Le Ciel de ses tresors ne luy fut pas avare ;
Car il fit esclatter en des lieux escartez
Parmy de viles gens de nobles qualitez ;
Moy-mesme je le vis, & sa seule vaillance
Sans que je le cogneusse, acquit ma bien-veillance :
Mais depuis que je suis en cet illustre rang
Un Pyrate m'a dit qu'il estoit de mon sang,
Et que ses compagnons l'avoient pris à Messine
Entre les foibles bras de ma mere Euphrosine,

Lors que par Dicearque en ces lieux attirez
Ils luy firent les maux qu'ils avoient conspirez
Ah que je fus content d'ouir cette nouvelle !
Mais que je trouve icy son absence cruelle !
Et que mon coeur saisy de son esloignement
Garde pour son malheur un vif ressentiment :
Où pourray-je trouver ce miserable Prince,
Il erre maintenant de Province en Province,
Il court cet Univers de l'un à l'autre bout,
Et ne possedant rien il croit posseder tout :
Mais encore quel sujet excita vostre hayne ?

ARCHELAS

L'excez de son amour qui me mit fort en peine.
Car comme je croyois que son ambition
N'avoit point de rapport à sa condition,
Je trouvois fort mauvais qu'il eust pris l'asseurance
De regarder l'Infante avec de l'esperance,
Si bien que redoutant la fin de ce projet,
Je separay d'ensemble & l'un, & l'autre objet.

MELINTE

Ainsi doncques l'amour a produit son contraire,
Et ce qui faict aymer a faict haïr mon frere,
Ah miserable Prince où t'a reduit le sort ?

ARCHELAS

Si jamais son destin le rendoit à ce bord.
Je traitterois si bien ce genereux courage
Que je le forcerois d'oublier mon outrage,
La main qui l'a blessé gueriroit sa douleur,
Ce qui fit mon couroux, finiroit son malheur ;
Et l'espoir de mon sceptre avecque Pasithée
Rendroit dans ce pays sa course limitée :
Mais puisque les destins ne le permettent pas,

84

En vain ma passion luy promet ces apas ;
Attendons que les Dieux à nos voeux plus propices,
Fassent par son retour renaistre nos delices ;
Cependant s'il vous plaist d'entrer dans le Palais,
Vous y verrez l'objet à qui je dois la paix,
Et qui d'oresnavant doit partager mon trosne.

MELINTE
Je le veux bien, voyons cette belle Amazone.

Scène quatriesme

EURIMEDON, PASITHÉE, CELIANE.

CELIANE
Madame : Je vous ay tant d'obligation
De vous estre fiée à ma discretion
Qu'il n'est point de moyens, ny de traicts de courage,
Qu'à vostre occasion je ne mette en usage ;
Je sçavois desja bien tout ce deguisement
Et que sous cet habit vous aviez un Amant,
Je fus le Conseiller de la belle Hermionne,
Quand elle fit dessein de se faire Amazone :
Et que cette action soit un crime, ou bien-faict,
Mon coeur est partizan de tout ce qu'elle a faict.
Souffrez donc qu'aujourd'huy j'acheve mon ouvrage,
Souffrez que je vous mette à couvert de l'orage,
Et comme cet Estat m'a tiré de soucy,
Permettez que le mien vous en retire aussi.

PASITHÉE

Ce conseil seroit bon genereuse Princesse
Si mon esprit timide avoit moins de foiblesse :
Mais mon coeur interdit de crainte, & de respect
Me faict irresolue, & me rend tout suspect :
Car quelque invention que vostre esprit medite,
Mon honneur ne sçauroit se sauver en ma fuitte,
Et quand bien je serois hors des terres du Roy
J'aurois tousjours en suitte & l'horreur & l'effroy.

EURIMEDON

S'il est de la terreur c'est ce bras qui la donne,
Et s'il sçait appuyer le faix d'une Couronne,
Il pourra bien aussi vous sauver de la peur
Qui loge indignement dans un si noble coeur :
Quoy donque, aymez-vous mieux que la rigueur d'un pere
Fasse d'une Princesse un objet de misere ?
Voulez-vous que ma teste attende son couroux,
Ou que comme un ingrat je m'esloigne de vous ?
Quand il aura cogneu mon sexe & ma personne,
Qu'il sçaura que je n'ay que le nom d'Hermionne,
Croyez-vous eviter la noire impression
Qu'il doit avoir alors de nostre affection ?
Non, non, nostre retraitte est un coup qu'il faut faire,
Et vostre enlevement est un mal necessaire.
Quand vous ne serez plus en ses barbares mains
Le temps adoucira ses projets inhumains,
Mais si nous ne quittons ce funeste rivage
Il nous faut disposer aux effets de sa rage.

PASITHÉE

Hé bien, puis qu'il le faut, j'y consens : mais bons Dieux !
Qu'un extreme malheur m'arrache de ces lieux !
Puisque pour un Amant qui cause mon martyre
Il faut que j'abandonne & mon pere, & l'Epire ?
Mais (cher Eurimedon) Je ne conteste plus,

Aussi bien les regrets sont icy superflus,
Je suy tes volontez, ma raison rend les armes.

EURIMEDON

Ma Reyne essuyez doncq ces inutiles larmes,
Et de peur d'eventer ce genereux dessein
Estouffez vos souspirs au fonds de vostre sein,
Fiez vous cependant dessus ma prevoyance
Je vay tout preparer.
Il fait semblant de s'en aller.

Scène cinquiesme et derniere

ARCHELAS, MELINTE, EURIMEDON, TYGRANE, PASITHÉE,
CELIANE et leur suite

ARCHELAS

La voyla qui s'advance.

MELINTE

Je vay la saluer. Miracle des beautez,
Mais quel charme puissant tient mes yeux enchantez ?
Je voids, ou je me trompe, Eurimedon mon frere.

EURIMEDON

Ah Dieux ! que vous m'auriez obligé de vous taire,
Vous me perdez Melinte.

MELINTE

Ah mon frere ! pardon,
Je ne me sçaurois taire aupres d'Eurimedon ;

87

Mon bon-heur est trop grand, & ma joye est trop forte,
Pour demeurer muet, & feindre de la sorte :
Je suis vostre Melinte, & vous trouvez en moy
L'affection d'un frere, & le support d'un Roy ;
Un de vos raisseurs m'a dict vostre origine,
Et nous sommes tous deux les enfans d'Euphrosine ;
Nostre pere Hermocrate estant avec les Dieux
Je possede le trosne où regnoient nos ayeux,
Mais comme je vous tiens de cette illustre race,
Je veux aupres de moy vous y faire une place,
Mon Sceptre, & mes estats suffiront à nos voeux,
Et la mesme Couronne en couronnera deux.

ARCHELAS

Quoy donc en mesme temps je voids en cette Reyne
L'objet de mon amour, & celuy de ma hayne ?
Et le feu dont ses yeux ont mon coeur enflammé
Sera par elle esteint aussi-tost qu'allumé ?
Quoy, mon affection de la sorte abusée
Servira laschement à vos yeux de risée ?
Et ce perfide ira se vanter desormais
Qu'il m'est venu braver dans mon propre Palais ?
Ah ! mon ressentiment effacera ma honte.
Il met la main à l'espée.

TYGRANE

Ne souffrez pas (grand Roy) que l'ire vous surmonte,
Appaisez ce couroux un peu trop violent.

ARCHELAS

Plustost à me vanger je suis un peu trop lent ;
Quoy seduire une fille, & se jouer du pere
Ce n'est pas (dites-vous) un sujet de colere ?

EURIMEDON

Ah Sire ! si jamais un si lasche dessein
En ce déguisement m'est entré dans le sein,
Si manque de respect, l'honneur de Pasithée
A senty les efforts d'une audace effrontée,
Si son corps n'est encor aussi pur que ma foy
Je consens que le Ciel esclatte contre moy :
Il est vray : J'ay chery cette belle Princesse,
Mais je l'ay respectée ainsi qu'une Deesse ;
Et quoy qu'elle ayt esté deux fois en mon pouvoir,
Jamais ma passion n'a trahy mon devoir ;
Lors que vostre ennemy vous l'avoit enlevée
Vous sçavez qu'elle fut par mes armes sauvée,
Et que sans me servir de la faveur du sort
Ma generosité vous la rendit au port :
Donnez doncq (s'il vous plaist) un pardon à ma flame
Puis qu'elle est sans reproche aussi bien que sans blame,
En mon déguisement vous n'avez rien perdu,
Car ce qu'on vous ostoit mon bras vous l'a rendu.

MELINTE

Monsieur, si pour vous rendre à ses voeux favorable,
La priere d'un Roy vous est considerable,
Mon frere aupres de vous obtiendra son pardon,
Et vous vous resoudrez d'aymer Eurimedon :
Encor qu'il ne soit pas du sexe d'Hermionne
Sa teste n'est pas moins digne d'une Couronne,
Et le Sceptre Royal qu'on luy refuse en vain
N'aura pas moins de grace en son auguste main ;
Pasithée est son prix selon vostre ordonnance
Puis qu'il a d'Araxés reprimé l'insolence,
Et quand il n'eust pas faict cette belle action
Il la meriteroit par sa condition :
Changez, changez (Monsieur) cette hayne obstinée,
Desgagez cette foy que vous avez donnée,
Et qu'un heureux Hymen laisse dans le repos

89

Les champs Thessaliens, la Troade, & Lesbos.

ARCHELAS

Melinte : vos vertus vous rendent trop auguste,
Et vous me demandez une chose trop juste
Pour souffrir de ma part un superbe refus ;
Excusez seulement si mon esprit confus
A tardé si long-temps d'accorder Pasithée
À celuy dont l'amour l'a si bien meritée,
Et si j'ay faict paroistre une injuste fureur,
Songez que cette feinte a causé mon erreur.
Ma fille je vous donne à ce Prince adorable.

PASITHÉE

Sire, cette faveur rend mon sort honorable,
Et les commandemens sont doux à recevoir
Où vostre volonté s'accorde à mon devoir.

EURIMEDON

Par ce commandement, & cette obeissance,
Que je reçois (Amour !) une ample recompence !
Et que je dois benir l'atteinte de tes traits,
Puisque tu la gueris avecque tant d'attraits.

TYGRANE

Et moy voyant les biens que le Ciel leur envoye
Verseray-je des pleurs sur la commune joye ?
Après tant de rigueur, & de travaux soufferts,
Voulez-vous que je meure accablé de mes fers ?
Ne vous lassez vous point de me voir miserable ?

ARCHELAS

Madame, c'est assez faire l'inexorable,
Puis qu'une heureuse nuict doit suivre un si beau jour
Vous devez ce bon-heur à son fidele amour.

CELIANE

Je voulois plus long-temps faire l'experience
Et de sa passion, & de sa patience,
Mais puis qu'un si grand Roy me prescrit mon devoir.
Je veux vous obeïr, & le vay recevoir.

TYGRANE

Puisque par vous j'obtiens ce bien incomparable
Que je vous suis (Seigneur) aujourd'huy redevable !

ARCHELAS

Allons doncq mes Amis celebrer ce beau jour
Qui vous doit couronner des Myrthes de l'amour,
Et donner quelque jour à ces belles Provinces
Par vos embrassemens des Reynes, & des Princes.

FIN.

EXTRAICT DU PRIVILEGE DU ROY.

Par grace & Privilege du Roy donné à Paris le 30. jour de May 1637. Signé par le Roy, en son Conseil de Monsseaux il est permis à ANTHOINE DE SOMMAVILLE, Marchand Libraire à Paris, d'Imprimer ou faire Imprimer, vendre & distribuer en tel Volume & caractere que bon luy sembler une Tragi-comedie intitulée EURIMEDON, ou l'Illustre Pirate du Sieur DESFONTAINES, durant le temps de sept ans finis & accomplis à commencer du jour que ladite Tragi-comedie sera achevée d'Imprimer : Et deffences sont faictes à tous autres de l'Imprimer ou faire Imprimer, vendre ny distribuer sans le consentement dudit Sommaville, ou de ceux ayans droict de luy, à peine aux contrevenans de trois mille livres d'amendes, & de tous ses despens, dommages & interests, ainsi qu'il est plus au long porté par les lettres cy-dessus dattées.

Achevé d'Imprimer le 6. Juin 1637.